DE LA MÊME AUTRICE

Les cosmonautes ne font que passer, *Verticales, 2016 ; prix SGDL André Dubreuil du premier roman 2016 ; Folio nº 6502* elitza gueorguieva

odyssée des filles de l'est

roman

verticales

Pour l'écriture de ce texte, l'autrice a bénéficié d'une bourse du Centre national du livre dans le cadre d'une résidence à l'Institut Mémoires de l'édition contemporaine (IMEC, Abbaye d'Ardenne), d'une bourse et d'une résidence à la Maison Julien Gracq, d'une résidence à la Villa départementale Marguerite Yourcenar et d'une bourse du Département Nord, du soutien de la DRAC de Normandie et de la Région Normandie, au titre du FADEL Normandie, dans le cadre d'une résidence à la Villa La Brugère.

À Maggie M.

La République est une planète curieuse

Tu te transformes depuis des heures tantôt en grenouille tantôt en sculpture de la Renaissance tardive. Un peu comme celle qui se dresse devant toi, représentant Pierre Dupont, chansonnier du XIXe siècle selon le Grand Larousse, décorant l'immense portail noir de la préfecture de Lyon. Et toi tu ressasses ton discours républicain au milieu d'autres sculptures gelées, tu t'es même quelque peu assoupie sur ton pied droit, position digne d'un modèle vivant – et dans ton demi-sommeil tu médites la possibilité de tenir la pose professionnellement. La France est un pays rempli de poètes et de peintres et devenir leur modèle s'avère un métier comme un autre, qui suppose certes d'être nue, mais aussi souple et surtout patiente, ce dont tu sais maintenant être capable, tu te trouves même d'une patience exemplaire lorsque tu sens un petit coup de coude heurter ton épaule, de manière répétitive, et tu te demandes s'il est permis de tripoter ainsi un modèle vivant, qui patiente dans le froid depuis des heures. Ça finit par te réveiller et tu constates que :

a) tu es habillée,
b) tu es devant la préfecture de Lyon,
c) c'est enfin ton tour, comme le dit, dans la queue, une inconnue bien intentionnée quoiqu'un brin jalouse de devoir, elle, continuer de patienter dans le froid comme une sculpture angoissée.

Le bureau est posé sur une estrade qui t'émerveille : la préfecture le soir se transforme-t-elle en lieu de spectacle ? Par conséquent, la dame assise en vis-à-vis s'élève bien plus haut que toi, comme dans *Brazil*, ton film préféré. Elle te demande assez froidement quelles sont les raisons de ton séjour en France et combien de temps tu comptes y rester. Tu te lances alors dans ton discours composé à l'aide du Grand Larousse et de son frère cadet, le *Petit Larousse du savoir-vivre*. Mais plus la dame fronce les sourcils, plus les informations apprises se brouillent dans ta tête et sortent de manière désordonnée :

La France est le pays de la liberté, du fromage et des tramways qui parlent, un pays où la mode est intemporelle et où on ne lèche pas son pouce pour décoller et compter les billets de banque, par exemple, c'est un pays avec plus de 80 millions d'amis, enfin d'animaux domestiques, dont 10 millions de chats, 8 millions de chiens, le reste se partageant entre poissons, petits rongeurs, oiseaux et tortues. En somme, la France n'est pas comme la Bulgarie, c'est un pays où tout est fabuleux comme Amélie Poulain, et en plus ta mère n'est pas là, et on ne travaille que 35 heures par semaine et personne ne jette sa poubelle par la fenêtre, c'est pourtant le hasard ou une erreur administrative qui t'ont propulsée dans ce pays merveilleux, comme une fusée chanceuse tu as obtenu ton inscription à l'Université Phare ; la France est par ailleurs dotée de plein de peintres et de poètes, La Fontaine, Le Molière et La Sylvie Vartan, justement bulgare à l'origine comme moi et surtout chanteuse préférée de ma grand-mère, essayes-tu de personnaliser, en expliquant que tu as choisi des études en arts du spectacle, quel meilleur choix, vu le contexte, puisque tu as 9 mois et 2 jours pour prouver à ta mère que tu es une personne sérieuse, que tu peux trouver un travail et, in fine, réussir en France, sans quoi tu rentreras dans ton pays tel un Ulysse ultra-rapide.

La Dame de la Préfecture effectue un mouvement de tête à peine perceptible que tu interprètes, dans un élan d'optimisme, comme l'expression de ses sentiments distingués, ou au moins comme un adoucissement temporaire. Mais en fait, elle n'est pas du tout contente. Tu étais simplement censée montrer ton inscription à l'Université Phare. Et maintenant que tu as ouvert cette brèche, elle décide de t'y enfoncer. Elle te rappelle que tu es étudiante étrangère, et selon les règles de la République actuelle tu n'as pas le droit de travailler pendant ta première année d'études. Tu es censée venir de ton pays avec 25 000 francs AU MOINS sur ton compte bancaire, soit 3571,4288 euros selon les nouveaux standards et non pas être EN PLUS pauvre.

Vous voulez réussir en France, bon, mais en quoi pensez-vous être utile à la République ? te lance-t-elle en se prenant pour le préfet de police de Paris et ça marche bien comme moyen d'intimidation car tu sens soudain un courant d'air glacial ébouriffer ta mèche et balayer toute ombre de pertinence dans ta réponse. Tu n'es pas tout à fait sûre de ce que tu pourrais apporter à la France puisqu'elle a déjà tout, dis-tu à la Dame de la Préfecture dont la bouche se contracte des deux côtés en laissant entrevoir ses dents. Tu penses alors à ta qualité principale qui te vient tout droit d'une éducation communiste : l'art de faire semblant. Tu te remémores quelques-unes des compétences liées à cette discipline :

a) faire semblant d'être communiste ;
b) faire semblant qu'il n'y a pas de problèmes (devant les voisins de palier) ;
c) faire semblant d'être sobre (devant ta mère) ;
d) faire semblant d'être morte (dans un spectacle de fin d'année).

En somme, aucune qui mérite d'être prononcée à voix haute.

Tu lui réponds que tu espères apprendre qui tu es afin de mieux comprendre les atouts de ton identité. Et les lui offrir, ajoutes-tu, en ébauchant une révérence. La Dame de la Préfecture lève les yeux au ciel et sans mot dire te dresse une liste de documents à fournir, composée entièrement de mots inconnus. Tu en choisis un au hasard et demandes avec enthousiasme ce que RIB veut dire, à la suite de quoi le bureau de la Dame de la Préfecture se met à trembler puis elle commence à gonfler comme un ballon au-dessus de ta mèche ébouriffée, si longuement que tu as l'impression qu'elle triple de volume, puis te propose dans un râle semi-humain de revenir au guichet quand tu auras appris le français. Enfin elle balance le dossier dans ta mèche, et t'ordonne de libérer la place, te laissant seule face aux énigmes linguistiques. Tu as beau relire le mot RIB, la seule chose qu'il t'évoque c'est un poisson, *riba* en bulgare, et un court instant tu t'imagines revenir avec un brochet pêché dans la Saône, ou au moins une boîte de sardines à échanger contre le droit de séjourner sur cette nouvelle planète curieuse.

Les Français

Les Français sont petits de taille, ont la fine bouche et de grandes gueules, c'est Rada Goranova qui te l'a appris dès ta première semaine à Lyon, deuxième ville de France selon le Grand Larousse. Autant être prévenue. Tu trouves qu'elle exagère un peu quand même. C'est vrai, ils se moquent parfois de ton accent, mais c'est pour être gentils. Et tu adores cette manière qu'ils ont de mythifier tes origines en t'appelant une *fille de l'Est*. Que tu t'achètes une baguette ou que tu donnes l'heure à des inconnus dans la rue, ils te demandent toujours d'où vient ton petit accent et se réjouissent que tu sois une *fille de l'Est*. Rada Goranova précise que ça n'a rien à voir avec la mythologie et que de toute façon les Français ont des petits pieds qui puent. Elle dit qu'ils ont aussi des petites bites, même si on ne peut pas se fier à sa base de données. Elle conclut que c'est à cause de leurs petites bites et de leurs petits pieds puants qu'ils en veulent à la terre entière.

Les rues, en revanche, sont parfaites, essayes-tu de positiver. Parfois tu remarques des trous, mais dans l'ensemble ça correspond à ce que tu as vu dans *Le fabuleux destin d'Amélie Poulain*, même si ça se passait à Montmartre, gesticules-tu, lieu de visite incroyable. À Lyon, c'est la cour des Voraces ton endroit préféré car selon le Grand Larousse elle est nommée en hommage à des révolutionnaires qui y produisaient du vin, puis la ruelle Punaise dans laquelle on entre par un porche sous une vieille maison abandonnée, t'agites-tu avec des mouvements de plus en plus amples. Et il y a une boutique de CD originaux qu'on peut écouter gratuitement sans les acheter sur des machines avec d'énormes écouteurs ! t'excites-tu en réajustant ta mèche. Et puis tu apprends l'existence de plein de mots français qu'on ne t'avait pas enseignés dans ton lycée à Sofia, tu commences même à les compiler dans un dictionnaire personnalisé. Comme le mot RIB, par exemple, et Rada Goranova te précise que cela n'a rien à voir avec la faune aquatique et que tu nages en plein délire. Tu peux te perdre dans la ville, parce que tu ne la connais pas, enchaînes-tu sans broncher, tu ne connais personne non plus mais cette solitude est synonyme de liberté, digresses-tu. Et c'est exactement ta mission : devenir libre, puisque ta mère n'est pas là. Par ailleurs, les boîtes à lettres sont jaunes, aucune trace de rouille et surtout – tu fais une pause solennelle avant le crescendo final : il y a un tramway qui parle ! cries-tu dans le visage interloqué de Rada Goranova. En somme, la seule voix qui s'adresse à toi en français. Ça fait des jours que tu le prends sans savoir où il te mène, tu t'en remets entièrement à la Dame à la Voix Suave qui décide de ton destin et énonce des noms paradisiaques : Esplanade-des-Arts, Porte-des-Alpes, Liberté, décidément !

Rada Goranova te conseille de noter tous ces détails qui t'émerveillent tant car dans deux semaines grand max tu ne verras que la laideur de ce trou paumé plein de bourgeois prétentieux et coincés du cul, et tu auras envie de te transformer en vaisseau spatial et de te casser, sur Mars, ou au moins à Berlin ou à New York, elle n'a pas encore décidé. Ici à Lyon, on a l'impression que tous les jours c'est dimanche et, en outre, il pleut constamment, s'énerve Rada Goranova, piétinant sans relâche ton remarquable enthousiasme. Elle te confirme qu'après Bruxelles c'est la ville dans le monde où il pleut le plus. C'est parce que tu ne connais rien que tu crois que tout est possible, continue-t-elle avec férocité. La France n'est pas un film et Amélie Poulain est une pauvre meuf. Heureusement, Rada Goranova traîne avec des gens trop cool, des Bulgares à chien et d'autres punks qui font tout le temps la fête et la révolution, sinon elle serait morte depuis longtemps, d'ennui ou de dégoût.

Tu te demandes furtivement s'il est bon de fréquenter cette Rada Goranova qui ne fait que broyer du noir. Pour résister à cette hotte qui tente d'aspirer toutes tes nouvelles découvertes, tu les documentes dans une liste intitulée « Les merveilles de la France » :

- Ta mère n'est pas là.
- Les trottoirs sont parfaits.
- Tu n'as besoin de personne.

Sauf de ton Rastaman abandonné en Bulgarie, mais tu n'as pas encore de carte téléphonique et ne peux le joindre ; ainsi que de Rada Goranova qui est chargée par la Ligue des Bulgares à chien de t'accompagner dans la lutte contre l'administration française et de t'acheter des croissants et d'autres spécialités gastronomiques à un euro.

Avant que cette compatriote te prenne sous son aile, c'est Gueorgui Dimitrov qui s'était occupé de toi, il était même venu te chercher à l'aéroport. Tu te demandais alors comment s'adresser à quelqu'un qui portait le même nom que le premier dictateur bulgare, celui qui aurait mis le feu au Reichstag et dont la momie a servi pendant des décennies à maintenir l'effroi communiste dans ton pays. Mais ton accompagnateur héroïque était vivant, étudiant en médecine et donc très pressé. Et surtout, il ne présentait aucune ressemblance physique avec le Gueorgui Dimitrov original, tu avais été rassurée. Il t'avait filé un trousseau de clefs : tu apprenais que tu allais occuper le logement qu'il libérait et que le taxi serait à tes frais, même si c'était à cause de son retard que vous aviez loupé la dernière navette.

Une fois arrivée sur place, les douze mètres carrés du studio t'avaient paru largement suffisants pour toi et les trois objets précieux que tu avais immédiatement sortis du sac pour les aérer :

- Le *Grand Larousse illustré* édition Millenium, et son complément poche

- Le *Petit Larousse du savoir-vivre*
- *Le guide du voyageur galactique* de Douglas Adams en bulgare.

Une feuille de marijuana séchée s'étant échappée du Grand Larousse de poche, Gueorgui Dimitrov t'avait aussitôt précisé, non sans mépris, qu'on ne fumait pas à l'intérieur du studio – la propriétaire vivait dans l'autre partie de la maison et n'avait probablement pas l'intention de se droguer. Pour adoucir le ton de la conversation, il avait ajouté que c'était un hasard que le studio soit situé rue Laennec, et tu avais senti qu'il s'agissait d'une anecdote rituelle avec ses invités, hélas, ça ne te disait rien. Laennec était médecin comme lui, il avait même inventé le stéthoscope ! Cette coïncidence devait lui avoir porté chance pendant ses études.

Après son départ, une fois sorti un joint de ton soutien-gorge, tu te réjouis de pouvoir le fumer dans ton lit, parce qu'enfin ta mère n'est pas là. Plus il faisait effet, plus tu trouvais suspect l'intérêt que portait Gueorgui Dimitrov à l'inventeur d'un appareil qui écoutait le cœur des gens.

Tu n'avais donc pas été si mécontente de te débarrasser de cet espion douteux. Avec Rada Goranova, cheveux bleus, misandre et rebelle, la vie semblait bien plus intéressante quoiqu'un brin pessimiste.

La nuit, elle dicte des secrets

Dora était troublée. Lorsque Dimitar lui avait suggéré, la veille du départ, qu'elle n'amène pas trop d'affaires car la voiture était pleine, il n'avait pas précisé que sa sœur Maria serait du voyage. Dora découvrait qu'elle allait vivre une traversée de l'Europe de 2400 kilomètres en présence de cette personne au regard noir. Dimitar lui aussi avait l'air préoccupé. Dora apprenait à le connaître. Quand il était soucieux, deux rides apparaissaient telles des couleuvres perdues sur son front et se rejoignaient en formant un V, mais à l'envers. Cela rappelait à Dora le symbole du parti des Forces démocratiques – « V comme victoire » était leur slogan à l'époque. C'était en 90.

Encore un énorme cabas, Dimitar l'enfonçait comme si sa vie en dépendait, et la vieille Mercedes s'était un peu affaissée. Il faudrait encore se serrer, encore tasser, tout ne rentrerait jamais. Une valise était calée sur les genoux de Maria qui avait déjà pris la place du mort. Dora s'inquiétait, pourrait-elle emporter sa lampe de chevet sacrée ? Elle pesait au moins deux kilos et Dora voyait déjà le V inversé se creuser sur le front de Dimitar.

La nuit, elle dicte des secrets à ceux qui savent les entendre, lui avait soufflé à l'oreille sa grand-mère Arifé quand elle s'était exilée en terre turque. C'était en 89. Dora avait fait sa moue boudeuse : elle l'affichait chaque fois qu'on lui racontait des salades, ce qui lui arrivait souvent dans sa jeunesse turco-bulgare. Puis elle s'était blottie longuement dans l'immense poitrine d'Arifé dont la douceur l'avait avalée dans un monde meilleur. Devant la maison, la Lada attendait sa grand-mère qui avait préféré quitter le pays plutôt que de subir l'humiliation. Dora avait couru cacher sa tristesse dans sa chambre. Une fois la lampe branchée, elle avait fait face à l'évidence : aucun secret ne viendrait à son secours, aucune voix n'allait la consoler. Elle prenait conscience pour la première fois que les gens pouvaient disparaître et, éventuellement, mourir. Avoir Arifé à ses côtés avait été un réconfort et une aide pendant des années. La trentaine passée, Dora était mère célibataire. Avec le départ d'Arifé, une partie de son monde s'effondrait, avait-elle pensé. Puis elle avait remarqué les petits cailloux brillants multicolores couvrant la lampe qui projetaient leurs reflets sur les murs. C'était un de ces abat-jour dont les couleurs se diffractaient en mille fragments et brillaient comme un trésor. Selon les nuits, ils formaient des têtes d'oiseaux exotiques ou des monstres ancestraux. Cela diluait quelque peu son chagrin. Depuis c'était devenu son rituel et la lampe ne l'avait jamais quittée. Surtout durant ces nuits acides qui vous obligent à vous séparer de vous-même pour vous jeter dans le néant : Dora allumait sa veilleuse protectrice et les monstres ancestraux de sa culture turque éloignaient les mauvais esprits. Pendant ses insomnies, elle semblait entendre des choses provenant de la lampe qui, bien que triviales – souvent un bourdonnement lorsque papillons et moustiques fondaient aveuglément sur l'ampoule –, l'incitaient à ouvrir un dialogue. C'est ainsi, sans même s'en rendre compte, que Dora avait commencé à lui parler, et parfois elle entendait cette lueur nocturne lui répondre avec la voix d'Arifé.

Pourquoi tu trimballes cette horreur ? pestait Dimitar sur le ton de la blague. Dimitar était un homme pragmatique et les luminaires sentimentaux de deux kilos n'avaient pas leur place dans son coffre mental. Dora avait pris plein d'autres trucs aussi – où est-ce qu'elle croit qu'on part cette folle ? pestait Dimitar dans sa tête, ce n'est pas une expédition au sommet du Pirin, oublie ces après-skis et cette ignoble doudoune, pestait encore Dimitar de plus en plus rouge. Et un dictionnaire bulgare-français en plus, tu vas donner des symposiums ? avait-il râlé parce que c'était trop – t'auras besoin de trois mots, c'est tout ! La phrase lui avait échappé et il avait réajusté nerveusement son pantalon à l'endroit de l'entrejambe.

Avec ses 44 ans, ses 82 kilos et son mauvais caractère, Dora n'était pas quelqu'un avec qui on avait envie de négocier. Elle était plutôt du genre à déclencher des guerres, ou à en arrêter d'autres. La lampe avait donc trouvé une place sur ses genoux et la Mercedes avait enfin pu démarrer. Cependant, plus les kilomètres disparaissaient dans le rétroviseur, plus la dernière phrase de Dimitar se cristallisait dans une obsession : de quels *trois mots* s'agissait-il ? Mais les hommes ne peuvent pas faire deux choses à la fois, lui avait appris sa grand-mère partie dans les terres turques. Comme Dimitar ne répondait pas en conduisant, Maria remplissait le silence par des récits inconsistants et les angoisses de Dora s'amplifiaient.

Ensuite elle avait sombré dans une sieste rassurante, qui durerait des heures, des semaines, des siècles au moins, parmi des centaines de voitures s'avançant sur la route qui brillait au soleil. Dans l'une d'elles, Dora revoyait cette grand-mère jusqu'à ce que la route bifurque, au loin, suivie d'autre inconnus, des Turcs comme Arifé qui n'ont pas voulu se ranger, qui ont refusé qu'on touche à leur nom. Ils quittaient la Bulgarie, se racontaient une vie nouvelle, un autre pays qui serait plus chaud, qui serait le leur, mais où il faudrait tout recommencer, réapprendre la langue de leurs ancêtres, renaître. Dans les villages voisins beaucoup étaient exécutés pour le même motif. La langue turque désormais interdite, on ne pouvait plus la parler dehors, dans les rues, sur les places, sur les marchés, et aujourd'hui Dora n'en connaissait que quelques mots, des mots mélodies, isolés, trois mots peut-être, lesquels ? Dora rouvrit brusquement les yeux. Le paysage était étonnant mais sans espoir. Ils devaient être dans un pays intermédiaire entre le monde d'avant et le monde rêvé. Dora somnole à nouveau, elle ne comprend rien aux paroles qui l'entourent, elle est pourtant à Istanbul, un homme lui prépare un café sur le sable, une première gorgée la console, mais ça n'est pas suffisant.

Sa grand-mère était morte peu après son exil en Turquie.

Il y a ce qu'on voit, et il y a ce qu'on ne voit pas. Il y a ce qu'on ne veut pas se rappeler et ce qu'on ne veut pas imaginer, qui surgit au milieu d'un cauchemar, et ça casse le paysage, la Méditerranée s'érige, la carte postale est déchirée. Dora se dit qu'elle ne sera jamais chez elle nulle part, et rouvrit les yeux.

Dimitar lui annonça qu'ils étaient arrivés à Bruxelles. La nuit était épaisse et il pleuvait des cordes. Ils allaient faire une pause. Après avoir jaugé la bâtisse délabrée, Dora avait jeté un regard à Dimitar : le V de la victoire réapparaissait sur son front. Mauvais signe, pas le choix. Elle avait trimballé sa valise dans une chambre noire et branché la lampe, son bouclier contre les fantômes, et contre tout en général. Une fois couchée, les dangers s'étaient d'abord matérialisés en punaises de lit que Dora avait écrasées avec la méticulosité d'une tueuse en série. Puis elle s'était endormie, sa robe fuchsia sur les fesses, mais un peu plus tard elle avait senti une présence. Sitôt rallumée, la lampe lui avait dévoilé une fois de plus la réalité : la pièce était encore plus vide que la veille au soir, toutes ses affaires s'étaient volatilisées. Un gamin traînait encore dans un coin, Dora lui avait jeté son regard ancestral et il avait perdu d'un coup tous ses pouvoirs de voleur, avant de disparaître à son tour.

Dora avait inspecté les pièces voisines. Dimitar lui aussi s'était évaporé pendant la nuit – les petits cambrioleurs l'auraient-ils emporté, dans le noir, tel un objet précieux ? Dora en doutait. S'il était facile de kidnapper et de revendre un humain, c'était seulement à condition qu'il ait les yeux bleus et qu'il soit une femme ou un bébé d'à peine quelques mois – ces derniers étaient très recherchés sur le marché de l'Europe occidentale, en Grèce au moins. Dimitar n'était ni l'un ni l'autre, et il avait les yeux si noirs qu'à chaque fois qu'elle croisait son regard ça lui faisait songer à la mort. Elle n'était toujours pas fixée sur la nature de leur relation, soit intime soit professionnelle, mais soupçonnait que ce dilemme n'était plus d'actualité. Seule Maria, dont les yeux étaient aussi noirs que ceux de son frère, se trouvait là, au milieu d'un couloir moisi, scrutant Dora avec regret. Elle avait tenté de la consoler, de la raisonner aussi : il ne fallait pas rester dans cet endroit sordide et Dimitar les rejoindrait directement en France. Tout était déjà organisé : à leur arrivée elles seraient accueillies dans une belle maison, à côté d'une forêt. Dora pourrait avoir des affaires neuves et des robes au goût français.

L'insecte hideux

Tu profites de l'absence de tes propriétaires pour squatter leur ordinateur et te renseigner enfin sur ces compatriotes fameuses auxquelles on ne cesse de te comparer. De toute évidence ce sont des femmes qui portent les traditions slaves, médites-tu, tout en hésitant entre :

a) les femmes de Scythie qui se battaient à cheval et portaient des arcs,
b) les Samodivas qui vivaient nues dans les forêts et kidnappaient des bergers, les obligeant à jouer de la flûte pendant des festins interminables. La plupart du temps le berger mourait d'épuisement,
c) mais cela pouvait aussi être des Kikimoras gentilles et méchantes à la fois,
d) et pourquoi pas Baba Yaga qui pratiquait la magie et lançait des sorts maléfiques.

Tu tapes *Filles + Est* dans le champ de recherche et comme par miracle une première information se révèle à tes yeux. « De retour sur le parquet, Dydek et Mizrachi permettaient aux filles de l'Est de recoller un peu au score (55-42, 26e) », lis-tu sur un blog, Sports Fans Coalition Lyon, et tu te demandes de quel sport il s'agit. Dans ton pays, on excelle principalement en gymnastique rythmique ou en lutte mais ta frêle silhouette ne colle avec aucune de ces deux catégories. Le mystère reste irrésolu car tu entends déjà ta logeuse se garer, alors tu éteins tout et migres en vitesse vers la partie de la maison que tu habites légalement.

À peine la porte refermée, tu te retrouves nez à nez avec un insecte effrayant que tu examines en respectant une distance de deux mètres environ, au cas où. Il est long, marron et enrobé, doté d'une tête hideuse. Ça te rappelle la bête ignoble que tu avais déjà aperçue près de la mer Noire, un truc qui ressemblait à un vieux bébé sans pieds. Celui-là est en train d'escalader le montant de ta porte, tel un grimpeur en pleine compétition. Toi qui étais si heureuse de vivre enfin seule depuis une semaine, voilà que tu cohabites avec ce petit être ignoble. De vous deux, tu ne sais plus qui est l'intrus – c'est tout de même lui qui est né sur le sol français. Un profond sentiment de solitude t'enveloppe et des pensées noires commencent à éclore et à gonfler comme les champignons hallucinogènes sous la pluie, ou comme des piqûres de punaise sur une peau allergique. D'abord, tu t'essayes à l'art du faire semblant de ne pas avoir peur, mais finalement, tu préfères appeler ton Rastaman en Bulgarie, peut-être qu'il saura quoi faire dans ton cas désespéré. Hélas, France Télécom a coupé la ligne du Gueorgui Dimitrov contemporain et le combiné rouge n'émet qu'un son triste et monotone qui te rappelle à quel point tu es misérable. Au fond, tu n'es qu'une *fille de l'Est*, semble te dire le combiné rouge, quel que soit le sens de cette expression. Personne ne te connaît ici, surenchérit le combiné rouge, tu passes ta vie à discuter avec moi et avec le vieux frigo qui ne te répond que rarement et toujours en pleine nuit : il te réveille avec un hurlement lugubre pour te rappeler que tu n'es pas libre car soumise aux humeurs de l'électronique, ton seul ami dans ce pays, ricane le combiné rouge devant ta figure décomposée.

La réapparition de l'insecte hideux, au pied du lit, te surprend à nouveau, tu te lèves, t'habilles, tu te brosses même les dents dans un élan d'espoir et traverses la rue pour te précipiter dans une cabine téléphonique. Lorsque tu introduis ta carte dans l'appareil, une alarme se déclenche. Tu réessayes, rebelote, il ne veut pas de ta carte, il ne veut pas que tu le touches, il ne veut pas que tu joignes ton Rastaman, ni ta mère, ni ta copine d'enfance qui a sûrement dû t'oublier depuis le temps. Les piqûres de punaise et les champignons hallucinogènes se bousculent dans ta tête. Vaincue, tu te mets à pleurer sur ta défaite face à la technologie, ton éloignement du pays, le doux sourire de ta mère qui s'inquiète pour toi, quelque part à 2400 kilomètres d'ici. Et tu te vois dormir avec l'insecte bébé sans pieds au lieu de te blottir dans les bras de ton Rastaman.

De rage, tu te mets à cogner la machine sadique avec le combiné lorsque enfin une lueur apparaît à l'horizon : le Tramway qui parle ! Oubliant tout, tu sors de la cabine et cours vers ta sortie de secours ambulante, encore à l'arrêt.

Tu te jettes dedans, complètement échevelée, comme si tu venais de perdre le championnat de gymnastique rythmique des Balkans. La Dame à la Voix Suave te souhaite la bienvenue en te rappelant de faire attention qu'on ne te vole pas tes affaires imaginaires mais aussi de valider ton ticket, imaginaire lui aussi. Tes nerfs commencent à lâcher. Tu ne trouves plus aucune consolation ni en cette speakerine sans visage, ni dans les trottoirs parfaits qui défilent devant toi, alors tu décides de descendre à la station Liberté, car c'est là qu'habite Rada Goranova.

Elle ne pensait pas te voir si vite désespérée de la France, te taquine-t-elle. Puis elle te présente à sa coloc Lili, qui est aussi sa copine d'enfance, et à leur berger bulgare Убиец, autrement dit Assassin en VO, mais surnommé Quiche en français. Vêtue d'une jupe courte en faux cuir, de bottes noires à plateforme et d'une longue veste volée dans une boutique, Lili te sourit et te tend une cannette de 1664, autre spécialité locale à un euro vingt.

Les filles t'expliquent que tu as acheté une carte de téléphone sans puce : il ne faut pas l'introduire mais composer le code marqué dessus pour accéder à tes unités. Trop tard, ton Rastaman a sans doute commencé à soupçonner que tu fricotes avec ces horribles Français et ta mère doit se lamenter que tu ne l'aimes plus, te lamentes-tu à ton tour en commençant à boire ta bière. Je croyais que tu n'avais besoin de personne ? dit Rada Goranova en t'adressant un clin d'œil. Tu leur demandes si tu peux rester pour la nuit. Rada Goranova se redresse, lève sa cannette comme pour faire un discours et te dit d'une voix solennelle que tu peux rester pour l'année ! Mais pas ici, on déménagera toutes dans un grand appart' rue des Capucins : du nom des hommes à petite bite qui ont fondé une secte, te précise Rada Goranova. Le but est de résister à la grande histoire et d'y laisser votre trace : ce sera désormais la rue des Trois Bulgares qui font les plus grosses fêtes du quartier et qui vont révolutionner le nouveau monde.

Liste des objectifs 1

- Apprendre à vivre en collectivité.
- Arriver à se faire comprendre par la Dame de la Préfecture.
- Découvrir les Filles de l'Est.
- Arriver à se faire comprendre par le boulanger.
- Réussir en France.

La biche perverse

La dernière étape du voyage avait paru interminable à Dora. D'autant qu'au volant Maria n'avait plus ouvert la bouche depuis la frontière française où elles avaient dû présenter leurs papiers et attendre le verdict en faisant prières et rituels. Heureusement, Maria était allée s'expliquer avec le douanier à l'arrière du bâtiment. Ce devait être la longueur et la monotonie de la route qui avaient soudain ôté à Maria ses talents de conteuse de salades. À moins qu'elle aussi soit incapable de conduire et de parler en même temps, pensa Dora avant de trancher : il se jouait ici une catastrophe d'un genre nouveau. Elle avait un don depuis son enfance turque en Bulgarie qu'elle avait su développer par la suite : détecter avant même qu'ils ne se manifestent les accidents de la vie et les coups montés. Et là, ce don refaisait surface, elle devait se préparer à quelque chose d'insurmontable, d'irréversible et qui pourrait éventuellement impliquer sa mort imminente. Ou alors c'était juste un malentendu. La voiture avait dévié d'un coup sec pour éviter une biche assise au milieu de la route qui les toisait comme un vieux pervers aux aguets. C'était cela que

Dora avait anticipé, un accident de la route? Les phares éclairaient vaguement des choses qui bougeaient dans les buissons, des ombres d'une opacité peu souhaitable, et la voiture s'était enfin garée devant ce qui ressemblait à un palais en marbre, semblable à celui de Misho, le gitan de son village, mais sans la statuette BMW sur le toit, ce Misho qui avait fait fortune en trafiquant des armes et de la drogue, très recherchée depuis la fin du communisme en Bulgarie.

Un homme vêtu d'un peignoir doré avait immédiatement ouvert la porte et les avait invitées à entrer d'un geste et avec plein de *r* coincés dans sa gorge comme de vieilles arêtes de poisson. Un lustre en cristal pendait bêtement dans l'entrée et Dora avait souhaité qu'il se décroche et qu'il achève son hôte, ou elle au moins. Il les avait attendues, semblait-il grogner, et il s'était peut-être inquiété du retard, ou alors il était juste mécontent d'elles, Dora ne pouvait le savoir car l'homme parlait en français. Il les avait invitées ensuite à le suivre dans une grande salle à manger, où un plat fumant dégageait d'appétissants arômes et Dora avait pensé au dernier repas qu'on sert aux condamnés. Puis elle n'avait plus pensé à rien, anesthésiée par la fatigue, avant de gagner la chambre attribuée pour la nuit et de poser sur la table de chevet sa lampe qui s'était sentie drôlement à sa place dans cet environnement kitsch tout en pierre blanche et froide comme la mort.

Il lui sembla qu'elle avait dormi une éternité, mais au réveil c'était encore la nuit. Elle avait d'abord envisagé de déchirer les draps, projetant de les nouer bout à bout pour s'enfuir par la fenêtre. Mais Dora ne savait pas conduire, elle ignorait où elle était, elle ne parlait pas le français, par ailleurs son passeport était faux, comme le lui avait confirmé le douanier avant d'emmener Maria à l'arrière du bâtiment sombre. En allumant sa lampe magique multicolore, elle s'était dit que ce n'était peut-être pas si grave que ça, après tout : elle était en France et non en Sibérie.

Trois heures plus tard, elle hurlait dans la voiture où Maria l'avait enfermée, pendant que cette dernière faisait les cent pas dans la forêt, en enchaînant les cigarettes. Elle était plus têtue que les ânes de leur village, cette Dora, et hurlait comme si on l'égorgeait, alors que rien n'avait encore commencé. Cette perte de temps était une perte d'argent et tout allait retomber sur Maria. Il lui fallait agir. Mais elle n'osait pas frapper Dora : qui savait ce qu'elle pourrait inventer comme excentricités ? D'autant qu'elle aurait pu être sa mère et Maria avait quand même du respect. Elle attendait que la bête s'épuise, c'était ce qu'on faisait chez eux à Noël avec les cochons, avant de passer aux affaires sérieuses. D'autant qu'au loin elle avait vu une voiture ralentir. À cet instant, Maria repensa à cette poule à qui elle avait donné un prénom et qu'elle aimait caresser sur ses genoux, avant d'apprendre qu'on l'avait tuée et préparée pour sa fête d'anniversaire. C'était la veille de ses 7 ans.

Dora venait brusquement de prendre conscience de son corps. Il allait devenir un lieu d'investissement. Mais pour cette première fois, il ne faisait que pleurer. Il était invendable ainsi, ne sachant comment s'y prendre avec ses mains tremblantes, il n'arrivait pas à dérouler une capote, ça lui avait glissé entre les doigts, sa peur ses larmes son dégoût de l'autre, tout ça se voyait trop. C'était un vieil homme le client, il avait tenté de la consoler, essuyé ses yeux mouillés, rangé sa queue transparente et s'était éclipsé sitôt remontée sa braguette. Maria avait passé un mouchoir à Dora qui la fixait avec toute sa haine en réserve.

Le deuxième l'avait prise en levrette. Elle s'était agrippée à l'arbre, un chêne au tronc couvert de mousse humide. Ça l'avait d'abord révulsée ce liquide qui suintait de sous la mousse et coulait sur ses mains, c'était froid et poisseux. Ses pieds aussi s'enfonçaient dans la boue à chaque coup de reins, et un bref moment elle imagina que la terre allait s'ouvrir et l'avaler tout entière, qu'elle allait trouver là son dernier salut, sans fleurs et sans témoins, dans ce pays où elle ne connaissait personne, à part deux clients et un semblant de proxénète. Elle avait une boule de feu dans l'estomac. Dora avait serré les dents et plissé les yeux, et c'est ainsi, les membres crispés, qu'elle avait réussi à s'extraire, à laisser là son corps immense pris au piège, d'une raideur cadavérique. Comme par magie, l'arbre avait produit une sorte d'anesthésie mentale. Elle ne sentait plus rien, sauf la mousse que ses mains écrasaient, tandis qu'elle arpentait à nouveau tous les chemins empruntés dans la forêt, celle où la pensée de la fin lui était apparue telle une fatalité. Et peu à peu le parcours se transformait en labyrinthe, en vortex, plein de lucioles mourantes, de chênes moisis, comme ce matin-là, il y a dix ans et des poussières, où ils avaient quitté la Bulgarie, en prenant un raccourci par le bois, et bizarrement cette image la rassura, elle se souvint qu'elle savait survivre dans cette jungle, le reste n'était qu'une blague, une digression grotesque qui puait le sperme, il lui faudrait juste tenir encore un peu, respirer le moins possible, ne pas pleurer, revenir doucement au début, sur le chemin des lucioles, la mousse, ses mains.

L'expérience n'avait duré qu'une minute et demie, ce qui équivalait à l'expulsion d'une fusée dans l'atmosphère ou à la durée de préparation d'un café, pas beaucoup en somme pour saisir ce qui de la vie s'était déplacé de manière imperceptible. Plus tard Dora apprendrait qu'elle venait de vivre une de ses meilleures passes, celle qui ne dure pas.

Nonchamallow

Tu te trompes souvent. Tu remplaces *très* par *grave* dans une phrase au registre soutenu et tu dis *bien à toi* à tes voisins de palier. Des faux amis rendent ton vocabulaire imprécis ou impressionnant selon la situation. Tu dis, par exemple, *oblique* pour signifier *rond*, parce qu'en bulgare on dit *obal* qui a sans doute une origine commune avec *ovale*, supputes-tu, trouvant confortable le refuge de l'étymologie. Ainsi des lunes et des gens obliques peuplent tes phrases, ce qui étonne beaucoup ton entourage et te vaut une réputation de personne étrange. À la place de *récépissé* tu comprends *laissez-pisser*, et tu confonds *radié* et *irradié* ainsi que *sentier* et *sentinelle*. Quand tu entends le mot *nonchalamment* tu salives pour des *chamallows*. Parfois tu te demandes s'il est vraiment question de casser du sucre sur le dos du voisin. Tu confonds rituel et expression, mœurs et deuxième degré. Tu es littérale et hésitante, alors que dans ton pays tes blagues avaient de l'allure. Parfois tu fais exprès, c'est la seule manière que tu as trouvée d'être drôle. Quand tes erreurs sont volontaires, ça te donne un sentiment d'égalité, vous pouvez, ensemble et au même titre, vous foutre de ta gueule *bien à toi*.

Actuellement, tu es grave grave déboussolée. Dans un triangle amoureux où tu t'es perdue. Pourtant tu avais enfin acheté une carte à puce pour joindre ton Rastaman qui te manquait beaucoup beaucoup, bien que de moins en moins. Tu avais même réussi à lui obtenir une lettre d'invitation pour venir en France via ton oncle, homme avec identité bancaire. Ainsi ton Rastaman pourrait demander et potentiellement obtenir un visa touristique, et sauver par conséquent votre romance. Seulement voilà, on t'avait présenté Zahari – grand, ténébreux, suicidaire. Le Kurt Cobain bulgare, avais-tu pensé, sauf qu'il ne chante pas. Il passe sa vie à jouer à *Heroes*, un jeu avec des héros pixélisés, et à se soûler avec du vin de table. Ça lui laisse du temps pour s'occuper de toi, avait ricané Rada Goranova, avant d'ajouter : les mecs faut les exploiter à fond, sinon autant s'en passer.

La première fois que tu le vois, Zahari te fixe tel un sniper qui fait le point. Tu ne sais pas encore qu'il ne sera jamais aussi présent qu'à cet instant précis. Et même là son absentéisme plane déjà autour de lui comme le drap d'un fantôme. Il était censé t'accompagner dans tes galères de RIB. Mais à la place il t'invite à boire une bière, et finalement quatre, dans un bar du coin. En sirotant les deux premières, il te parle de livres contemporains que tu n'as pas lus, puis, à la faveur de la troisième, de la prééminence du son au cinéma et de l'histoire de la bande dessinée. En commandant la quatrième, il te fait une annonce : en fait, tu lui plais beaucoup. Tu ne t'attendais pas à ça et hausses un sourcil pour cacher ton malaise. Puis réponds que ton Rastaman te rendra bientôt visite, dès que tu auras un RIB justement, tout est déjà organisé. C'est toujours comme ça avec les belles filles, rétorque-t-il, et tu trouves cette rencontre assez ringarde tout compte fait.

Mais ce mélange de courage et de désespoir te séduit. Ça tombe bien car Zahari est sans domicile très fixe et s'apprête à te demander un petit service. Il a néanmoins une qualité importante : son français est fluide et presque parfait et il te propose de t'aider pour tes dissertations à la fac. C'est quand il se met à corriger ta grammaire que tu commences à tomber amoureuse de lui. Tu repenses à ton Rastaman sur cette photo prise en août dernier, sur la plage de Varna, peu avant ton départ. Vous avez l'air heureux, vos cheveux volent dans le vent et un drapeau jamaïcain promet un avenir plein d'illusions. Au bout d'une semaine tu te sens un brin perdue entre tous ces sentiments que tu ne sais plus démêler.

Pour gagner du temps, tu recours à une stratégie immobilière : tu ouvres un squat sur le même palier que votre colocation, avec l'aide d'un Bulgare expert en travaux d'accès difficile, et donc en escalade. Tu héberges d'abord Paf et Jérôme, respectivement un punk à chien et un DJ reconnu dans votre rue. Le premier a des relations ponctuelles avec Rada Goranova et le deuxième des relations régulières avec Lili. Tu y installes aussi Zahari, avec sa console de *Heroes* III, dernière version. Pour te remercier il craque régulièrement le mot de passe du voisin plus vite qu'il ne le change et tu arrives à approfondir, bien que ponctuellement, tes recherches sur les Filles de l'Est.

7 raisons de ne pas sortir avec une fille de l'Est

1. Les filles de l'Est vieillissent très mal et n'ont pas la santé. La silhouette des femmes russes (roumaines, bulgares, liste non exhaustive) est un paradoxe de la nature. Autant lorsqu'elles sont jeunes elles vous font perdre la tête, autant en vieillissant elles s'enlaidissent à vitesse grand V. Et elles sont toujours malades. Le moindre courant d'air et vous les retrouvez au lit à boire des tisanes au miel.

www.hommesdinfluence.com

Liste des objectifs 2

- Faire semblant d'aller bien.
- Faire la bise et faire semblant que ça te convient.
- Faire semblant de connaître la Nouvelle Vague.
- Faire semblant d'aimer Gainsbourg.
- Faire semblant d'aimer le fromage de chèvre.
- Découvrir les Filles de l'Est.
- Réussir en France.

Trois mots

Il était clair désormais que Dimitar n'était pas près de revenir. Il avait appelé un soir à la maison en faux marbre, près de la forêt. Retenu en Bulgarie, il ne pouvait pas repartir tout de suite. Dora avait protesté : elle n'était pas une prostituée, mais la connexion coupait toujours à ce moment-là de la conversation.

Les journées s'égrenaient et Dora retrouvait son chêne. À peine arrivée, elle l'embrassait du regard. Par endroits, le tronc était à moitié dénudé, à force de supporter le poids de Dora et de ses clients. Elle avait remarqué de nombreuses marques verdâtres sur son dos qu'elle avait de plus en plus de mal à faire partir. Jour après jour, la forêt se gravait dans son corps, elle emportait son odeur le soir, et l'humidité sylvestre la poursuivait dans ses rêves.

Pendant le travail, Dora avait élaboré un nouveau rituel. Elle fermait les yeux, aussi longtemps que durait la passe, pour ne jamais croiser le regard des hommes. Selon ce rituel, plus elle serrait fort ses paupières, moins le coït devait durer. Et en effet, le type lâchait prise alors que Dora n'avait pas atteint sa dixième respiration, une capote tombait alourdie sur les feuilles mortes. C'était un bel automne, la frondaison des arbres autour était encore rouge et jaune, un de ces mois de septembre qui laissaient espérer une année prospère, différente, baignée d'une lumière nouvelle, comme passée par le filtre de la lampe magique d'Arifé. Lorsque le rituel de la passe express ne fonctionnait pas, Dora était envahie par ses horribles cauchemars de jeunesse et ressentait d'un coup toutes les douleurs dont son corps avait conservé la trace.

Elle pensait être arrivée à un moment de son existence où ne plus avoir de corps, ou plutôt en avoir trop, donnait des avantages. Il y a quelques années, sans l'aide de personne, elle avait même réussi à diriger un magasin de luminaires. Elle, la petite Turque qui n'était jamais allée à l'université, la fille de la femme de ménage du village, elle, la mère de deux bâtards. Ça ne parlait pas le bulgare chez eux, chuchotaient les petits agents de la Sûreté intérieure qui espionnaient leur village. Mais tout le monde avait besoin d'une lampe, et Dora était enfin devenue indépendante. Jusqu'à ce que la crise arrive, que la monnaie perde de sa valeur, et qu'elle soit obligée de fermer la boutique avec toutes ces lampes invendables. C'est là que Dimitar était apparu. Petit, trapu et divorcé. Elle s'était rappelé qu'elle avait un corps quand il lui avait dit qu'elle était belle. C'était surtout amical entre eux, ou plutôt rationnel : ils avaient tous les deux des ados à élever. Lui avait commencé à l'inviter avec ses enfants au resto puis à les amener au parc de Varna. L'argent venait de Belgique, mais il n'y avait rien de mal à ça. Un bureau d'échange au noir tout au plus. Il le regardait rarement Dimitar, le corps de Dora. Sauf la fois où il était venu lui proposer de le suivre à Bruxelles, et pourquoi pas en France. Il s'était approché d'elle, l'avait adossée à la porte de la cuisine, l'avait embrassée furtivement, puis avait ouvert son pantalon à lui et avait posé la main de Dora sur son sexe durcissant.

La suite avait donné l'occasion à Dora de se rappeler qu'elle avait un corps. Il lui semblait mou et énorme, rien à voir avec celui de ses vingt ans, celui qu'on convoitait, qu'on désirait, qu'on forçait parfois. Et même trop souvent. Les pères successifs de ses deux enfants étaient réapparus dans son esprit comme des petits anges sadiques, lui mettant des fessées mentales. Quand ce n'était pas des coups. Se doutait-elle de ce qui allait advenir en France ? Pas si sûr. Une pensée noire enfouie sous d'autres, plus rassurantes, qui avaient fait barrage. Son village était pourtant cité en tête des statistiques, pointé du doigt comme étant à l'origine de ce cancer national, un vivier de filles faciles à ferrer et à envoyer se prostituer à l'étranger, une honte pour l'image de la Bulgarie, déjà pas brillante depuis cette histoire des parapluies empoisonnés. Seulement, ça faisait longtemps que personne ne remarquait plus son corps, ce tas de chair qu'un Français payait actuellement pour prendre son pied dans la mousse verdâtre. Ce corps qui n'était pas si laid tout compte fait, pensait Dora. Grassouillet certes, mais le type en face aimait ça. Et le corps du type ? Dora ouvre les yeux. Maigre et fripé, plus petit qu'elle, des lèvres molles, des mains inefficaces, rien d'extraordinaire en somme, un corps qui désire, qui bande, qui jouit.

Quarante-cinq euros, avait conclu Dora.

En trois mots.

C'est toujours Maria qui annonçait les prix et récoltait l'argent, avant de rabattre les clients vers Dora. Mais cette fois Dora s'était rappelé ce besoin profond et irrépressible, celui d'avoir les trois mots de la fin.

Liste des merveilles 16

- Avant Internet il y avait le Minitel, une calculatrice géante.
- On ne range pas le pastis au frigo.
- *Ça va ?*, placé après *bonjour*, n'est pas une vraie question.
- Les Filles de l'Est sont des sportives de haut niveau blondes qui vieillissent mal.
- Il existe des doubitchous de Sofia roulés sous les aisselles.
- La kétamine n'est pas qu'un anesthésique pour les chevaux.

Shootés aux pixels

Un jour, ça devient sérieux. Alors que vous êtes tranquillement chez vous, à ne rien faire sinon errer en tee-shirt-culotte, ou sans, entre les deux appartements. Paf déboule dans la pièce avec un regard qui annonce une catastrophe. Ça fait tout drôle cette expression sur sa petite tête blonde, on dirait un gosse sur le point de chialer. Tu tires un peu ton tee-shirt et tu t'assois, Lili pose la bouteille de Suze, le regard interrogatif. Il vous prévient qu'il a entendu quelque chose d'épouvantablement effrayant : des avions se seraient écrasés au-dessus de New York, pire : toute l'Amérique est bombardée par des terroristes. On n'a jamais entendu parler d'un tel désastre, pas depuis la Deuxième Guerre mondiale en tout cas, ou la bombe d'Hiroshima, peut-être l'explosion de Tchernobyl ou le gaz sarin à Tokyo, enfin ce n'est pas du même ordre et il ne faut pas tout confondre, mais plus rien ne sera pareil, confesse Paf et un blanc s'installe dans la cuisine. Rada Goranova exige plus de précisions et tu te demandes ce qu'on fait en situation de guerre. Tu penses à ta mère qui n'est pas là. Tu ne sais pas s'il sera encore possible de la joindre dans ce contexte. Tu réalises que tu es coincée avec une nouvelle famille que tu connais à peine. Et que les désastres, ça rapproche. Tu te blottis contre la poitrine de Zahari qui semble sonné ou simplement soûl. Le souvenir de Rastaman s'estompe comme un joint fumé face au vent. La décision est prise, tu vas en finir avec le romantisme à distance et privilégier le sexe au quotidien, plus adapté vu la situation actuelle.

Ce n'est que le lendemain que tu comprends plus précisément ce qui se joue. Ou du moins, tu essayes de comprendre. Pour l'occasion, Zahari a craqué à nouveau le mot de passe Internet des petits bourges du troisième. Il vous a même fait une sélection des meilleurs points de vue de l'événement : un avion entre à pleine vitesse dans les Twin Towers à New York, de manière perpendiculaire et très choquante, suivi d'un deuxième. Dès que vous voyez une vidéo, une autre commence, et tu ne sais plus combien de tours, combien d'avions. De la poussière envahit les rues, des gens crient en anglais, un avion perce la tour, des gens courent, une tour s'effondre, des gens pleurent, des tours fument, un avion est coincé en haut d'une tour, de la poussière qui se crashe des cris de la tour en feu un avion qui se recrashe et repasse des gens en feu et en cri etc.

Plus les images s'enchaînent, moins tu comprends. C'est presque aussi abstrait que les batailles pixélisées que Zahari mène avec ses héros dans ta chambre. Il clique comme un cinglé, les avions s'écrasent encore et encore, ses doigts te semblent sales. Pour remplir le silence qui a tout monopolisé, il s'improvise prof de cinéma, se lance dans un cours que personne ne lui a réclamé, à propos de la subjectivité de ce magma iconique. C'est sans doute plus effrayant pour ceux qui le vivent, dit-il, mais tout est subjectif. Tu apprends que :

a) il n'y a pas de réalité objective, néanmoins il y a des éléments communément reconnus comme vrais ;
b) ça s'appelle la relativité, par exemple, on peut tous s'accorder que deux et deux font quatre ;
c) le visionnage frénétique que Zahari vous impose trahit sa fascination.

Vous êtes des zombies incapables de décoller vos regards de l'écran, tu penses. Tu décides de t'enfuir dans la chambre de Rada Goranova, parce qu'elle jouit d'une vue panoramique : des bâtiments entiers, la place centrale de Lyon nommée place d'Hétéros, intacte, des oiseaux en plein vol, des gens qui se promènent. Comme ceux qui passaient la veille dans Lower Manhattan. En contrebas, des forces de l'ordre patrouillent le long de la rue, armés jusqu'aux dents. Alourdis par leurs parures spéciales, ils te semblent patauger, tels des ninjas ineptes.

*

Les jours suivants, vous vous soignez au kamikaze : un mélange de vodka et de bière qui s'avère un remède efficace contre la réalité, objective et relative comprises. Jérôme précise que dans le vrai kamikaze il n'y a pas de bière, mais vous lui dites que c'est la version bulgare. Quelques shots suffisent pour soulager le cerveau de tout souvenir encombrant. Parfois Rada Goranova propose de structurer ce rituel par des paris éthyliques, avec une pièce de monnaie qui rebondit de l'assiette au verre. Tu inventes un jeu pédagogique : lire des phrases du *Petit Larousse du savoir-vivre* à voix haute, que chacun doit répéter sans se tromper. Sinon, kamikaze. Zahari trouve l'idée géniale, et tu sais déjà qu'il fera exprès de bafouiller. Lili dit, vas-y je préfère la monnaie. Paf accepte d'interrompre ses activités en cours pour se joindre à vous, le biceps ensanglanté. Il avait entrepris de se tatouer dessus la tête de Quiche le chien à l'aide d'une aiguille, et se tord à présent en gémissant de douleur. Tu ouvres le dictionnaire au hasard : « On ne parle évidemment pas avec une cigarette à la bouche », lis-tu une cigarette à la bouche, et Paf dit *raté* en rigolant. Puis il répète la phrase sans faute mais boit un kamikaze quand même. « Ne racontez pas une histoire belge devant un Belge, une histoire corse devant un Corse », répète Zahari en disant *Bulgare* à la place de *Corse* et ça fait bien marrer. Kamikaze.

Vous finissez par laisser tomber, c'est trop compliqué et de toute façon vous êtes complètement soûls. Vous buvez des kamikazes sans prétexte, et vous enchaînez les pétards bien chargés. Lili met la même chanson de Mama Cass quinze fois de suite, et chaque fois chante *Dream a Little Dream of Me* avec le même enthousiasme, exagérément faux.

Les voisins d'en haut finissent par appeler *les keufs*, comme les appelle Rada Goranova. Paf, lui, les appelle les *schnecks*. Tu trouves ça incorrect de la part des voisins étant donné qu'eux-mêmes vendent de la drogue à tout le quartier dont vous, et que vous n'appelez jamais les chflics pour aucune raison, ni quand en haut ça envoie du raï à fond, ni même quand la cantatrice d'opéra au chômage du deuxième reprend *O sole mio* pour la dixième fois de l'après-midi. Vous présentez vos passeports de Bulgares aux policiers, ça n'a pas l'air de plaire tous ces noms en cyrillique, alors tu ajoutes ton laissez-pisser et ça apaise les tensions en cours. Plus tard, Jérôme et Paf se roulent des pelles, nouvelle expression à noter dans ton glossaire. Rada Goranova t'explique que la bisexualité est très pratiquée chez les punks à chien et les syndicalistes de la CNT. Tu trouves cette information vraiment intéressante et, pour mieux la graver dans ta mémoire qui s'efface par blocs actuellement, tu roules une pelle à Lili qui passait près de toi pour remettre la chanson de Mama Cass. Elle trouve ça trop cool et ça l'inspire pour montrer ses seins aux voisins d'en face. Après ça, tout continue dans le même esprit, si esprit il reste, ceci pendant une éternité. Tout le monde semble apaisé et Rada Goranova vomit à quatre pattes dans les toilettes.

Quelques semaines plus tard, l'avion est encore là, perpendiculairement incrusté dans ton cerveau, et des petits soldats avec des carabines peuplent tes cauchemars. Tu finis par commander de la kétamine au voisin.

Lyon est une ville magnifique

Dimitar avait enfin daigné rappeler. Dora ne devait pas rester là, il fallait qu'elle bouge avec Maria à Lyon et qu'elles s'installent ensemble, ce serait plus confortable, mieux rémunéré. Dora lui avait pourtant répété : elle n'était pas une pute, et cette fois la conversation n'avait pas été coupée. Dimitar s'était efforcé de la raisonner : elle ne voulait pas que leurs projets d'avenir soient compromis après tout ce qu'il avait mis en place pour son bonheur ? Son bonheur à elle. Mais aussi leur bonheur. Et surtout le bonheur d'Aslan. Dora ne saisissait pas en quoi son fils était concerné, puis elle avait compris. Dimitar l'appelait d'une cabine en face de la maison de Dora, en Bulgarie. Il lui décrivait en temps réel ce qu'il voyait à travers la fenêtre : Aslan mange du pain à la lutenitza, il regarde un match de foot, Levski perd contre Spartak 0-2, Aslan semble heureux. Il ne se doute pas que sa mère fait partie d'un réseau de prostitution en France et qu'elle accepte depuis deux semaines déjà de retrousser sa jupe pour de l'argent !

La rage de Dora s'était mêlée à l'impuissance. Lyon était sans doute une ville magnifique.

« J'ai des familles qui me demandent essentiellement des filles de l'Est, elles s'investissent énormément et c'est vrai qu'il y a cette assurance avec les filles de l'Est : en leur donnant un petit peu plus d'argent, elles restent, ça c'est certain. »

Accents d'Europe, RFI,
2 septembre 2001

Le Rastaman de ta vie

Tu médites longtemps sur comment te séparer – on ne quitte pas le Rastaman de sa vie par téléphone, même avec puce. Pendant quelques semaines tu uses de ton pouvoir de faire semblant d'être amoureuse de lui, mais il commence à te griller. Tu l'appelles de moins en moins souvent et il trouve ta voix bizarre, comme dépourvue de joie au bout du fil. Alors c'est lui qui rompt le charme de ton spectacle :

L'aimes-tu encore ?

Oui, dis-tu. Comme un frère, ajoutes-tu dans ta tête.

Est-ce qu'il y a quelqu'un d'autre ?

Oui, dis-tu sans faire exprès.

Cette aventure t'est arrivée sans que tu la cherches, tu dis, mais lui sera toujours l'unique Rastaman de ta vie. D'ailleurs, tu t'es mise à la musique punk, et tu pourrais lui envoyer des vrais CD originaux la prochaine fois. Il dit qu'il s'en doutait. Qu'il ne t'en veut pas. Que c'est difficile l'amour à distance. Que lui-même il ne sait pas où il en est. Tu resteras l'un des liens les plus forts avec mon pays, dis-tu.

Vous vous séparez avec la promesse d'une amitié éternelle

et absolue. Tu es tellement soulagée car tu ne l'as pas vraiment fait souffrir.

Quelques jours plus tard, ton combiné orange sonne, et c'est son grand cousin, Metody, qui te demande de tes nouvelles. Il est au courant que tu as quitté son petit cousin rasta. Son ton mielleux te paraît de plus en plus suspicieux. Mais en fait, il t'appelle pour un service. Il a besoin que tu lui traduises une phrase qu'il ne comprend pas en français, peux-tu l'aider ? La voici :

Je-suis-une-pute, ânonne-t-il.

Tu ne sais pas quoi répondre. Certes tu pourrais l'insulter en bulgare, mais Zahari vient d'entrer dans la pièce et la culpabilité t'envahit. Es-tu une pute ? La question se pose. Le doute s'installe. Ce que tu as fait n'est pas très orthodoxe, tu penses. Muette tu restes. Le grand cousin redit PUTE en imitant la voix de Dark Vador puis raccroche et le signal du combiné prolonge ton humiliation.

Godard a dit

Le jour pour commencer à réussir en France est arrivé. Mais tu te sens d'emblée perdue en cherchant ton Université Phare sur la carte. Heureusement, Rada Goranova va au même endroit et tu peux, comme d'habitude, te coller à elle. Pendant qu'elle se prépare à la maison en roulant un joint pour la pause de midi, tu en profites pour te renseigner dans le Grand Larousse : l'Université Phare compte plus de 27 000 étudiants, dont 11 % d'étudiants étrangers, lis-tu, ravie de faire partie d'une statistique. L'extase de cette découverte est brève, car on est méga en retard, dit Rada Goranova en soupirant dans tes oreilles.

Tu avais d'abord essayé un cours préparatoire en théâtre mais ça n'a pas vraiment marché. La professeure a barré d'un long trait l'intégralité de ce qui était censé être ton premier essai dramaturgique. Dans la marge, elle a marqué *en français SVP*. Dépitée, tu t'es rabattue sur les cours de cinéma : l'image ça devait avoir une tout autre syntaxe, rêvassais-tu. Mais à peine arrivée dans l'amphithéâtre, tu apprends que c'est pas gagné.

Le cinéma est mort, a dit un certain Godard, explique

ton tout nouveau professeur aux petites lèvres, et tu te dis qu'il serait plus sûr de t'inscrire aussi en anthropologie, au cas où. *Le cinéma est mort* est une phrase que tout le monde a l'air de connaître à en juger par les têtes autour de toi qui s'empressent d'opiner afin qu'on les distingue par leur connaissance. Tu es immobile et te demandes où sont les 11 % qui comme toi ne connaîtraient pas la référence.

Vous commencez par une séquence de *Pierrot le fou* de ce même Godard, cinéaste immortel et contradictoire de toute évidence, avec Jean-Paul Belmondo qui lui est bien vivant, et Anna Karina, dont tu détectes l'accent inconnu. Tu te demandes quel serait le pourcentage d'actrices étrangères dans le cinéma mort des Français, si on devait en faire une statistique. À la fin de l'extrait, Ferdinand tue son amoureuse et tu te rappelles soudain que tu as déjà vu ce film il y a quelques années en Bulgarie. Tu avais 14 ans, tu t'étais rendue au cinéma Odeon à Sofia à la grande stupéfaction de ton entourage qui, lui, avait choisi à l'unanimité *Titanic*, dans un multiplexe tout neuf. Au milieu de l'immense salle froide, tu étais seule : personne d'autre n'avait eu le courage d'aller regarder la nouvelle vague française cet hiver-là de 94, en plein rationnement du chauffage. On n'avait pas eu les moyens de sous-titrer non plus et la traduction était lue directement par la dame de la caisse, qui fatiguait parce que les Français parlent vraiment très vite. *Qu'est-ce que je peux faire je sais pas quoi faire qu'est-ce que je peux faire je sais pas quoi faire*, se lamentait Anna Karina en criant de plus en plus fort la phrase que la dame du cinéma lisait en bulgare avec une lente monotonie, convertissant chaque point d'exclamation en point final. Qu'est-ce que tu aimes je ne sais pas et toi je ne sais pas tu vois on n'est pas faits pour s'entendre, lisait la dame sans faire de pauses entre les répliques, de sorte qu'on ne savait plus vraiment à qui elles appartenaient. Tu te félicitais d'avoir choisi un film avec deux personnages, parce qu'après on projetait *La cage aux folles*, et tu avais pitié de la dame qui allait parler dix fois plus pour le même salaire de caissière. C'était la transition démocratique et la vie prenait une tournure assez surréaliste, mais quand Belmondo se fait exploser après s'être peint le visage en bleu, tu découvres que ça peut être pire dans les pays occidentaux. Tu te rappelles avoir quitté la salle du cinéma avec le sentiment de n'avoir rien compris à la Nouvelle Vague. Mais maintenant, ce souvenir te réconforte dans ta quête d'une place dans ce monde cinéphilique : toi aussi tu connais Godard et tu te mets à hocher la tête, alors que ce n'est plus du tout approprié.

Ton professeur s'excite ensuite sur une anecdote de tournage : les rôles principaux devaient au départ être tenus par Michel Piccoli et Sylvie Vartan mais l'agent de cette dernière aurait refusé sans même la mettre au courant du projet. Tu te demandes si ce n'est pas le bon moment pour descendre au pied de l'amphithéâtre et annoncer publiquement que toi aussi tu es bulgare, en invitant les autres étudiants étrangers, impressionnés par ta prestation, à se manifester à leur tour. À peine le temps de traduire cette annonce en français dans ta tête, vous avez déjà changé de film.

On regarde désormais un extrait de *Deux ou trois choses que je sais d'elle*, de ce même Godard que tu connais de longue date. C'est un récit sur *elle*, dit ton professeur aux lèvres humides, mais *elle* ça peut être La femme mais surtout La ville ou La société en général. Des femmes, parfois prostituées parfois esthéticiennes et, parfois, clientes d'un café, s'expriment sur la question de l'urbanisme, du langage, du spectacle et de l'ennui, de l'inégalité, de la mort. On n'entend pas tout, car il y a toujours quelqu'un pour jouer au flippeur dans leur dos. Mais la seule femme dont on ne comprend pas un mot, ce qui fait bien rire tout l'amphithéâtre et ton professeur aux lèvres absentes, c'est la jeune fille qui parle en serbe ou en polonais. Elle est également la seule qu'on voit nue. La situation semble très comique : la fille qui parle en slave est dans son bain. Elle passe du savon sur ses seins nus puis se relève quand quelqu'un frappe à la porte comme si de rien n'était, comme si elle n'était pas là, lui entre cigare à la bouche et commente un article de journal en marchant pendant qu'elle crie, sans avoir droit à aucun sous-titre. Votre professeur aux lèvres filiformes précise, hilare, que Godard que tu connais de longue date mettait toujours une scène avec une fille à poil (expression inconnue), pour satisfaire ses producteurs. Tu te demandes si cette fille de l'Est est la seule à avoir accepté de satisfaire les producteurs de Godard et si c'est celle-là qui les satisfaisait au mieux. En tout cas tu te félicites d'avoir mis le gros sweat à capuche de Zahari qui cache bien tes seins, en espérant qu'il cachera ainsi ta bulgaritude tout entière. Tu hoches frénétiquement la tête en ricanant pour faire semblant d'être française.

Faire semblant devient ton activité de prédilection.

La passe mensongère

Gros-Nez est une peste. C'est ainsi que Dora a surnommé Maria qui n'est pas du tout sa belle-sœur, mais sa proxénète, en fait. Elle rapporte tout à Dimitar qui les appelle quotidiennement à la même heure, depuis la cabine en face de la maison où il espionne Aslan. Gros-Nez ne s'aventure jamais à hausser la voix. Ne s'aventure jamais à frapper Dora non plus. Gros-Nez procède avec beaucoup de diplomatie pour qu'elle retourne tapiner jour après jour dans le quartier délabré de la gare de Perrache, leur nouveau lieu de travail – le seul autorisé pour les *Blanches* de l'Est. En effet, Dora et Maria partagent le trottoir avec des filles d'un âge aléatoire qui parlent des langues slaves. On se croirait dans un office du tourisme des Balkans tenu par des adolescentes écervelées, peste Dora pour tuer le temps. Les Françaises, elles ont le monopole du 2e arrondissement, le centre-ville chic. Parfois elle maudit ses collègues en bulgare, parfois en turc, dans le kebab à côté Hassan Ali lui offre des baklavas. Pour une fois que c'est utile d'être polyglotte, autant ne pas se priver. Et c'est la seule fois qu'elle le voit sourire, quand elle lui adresse un juron : il arrête de crier sur ses fils et il lui prépare une assiette de sarmi à crédit. Enfin, c'est toujours mieux que tapiner dans les bois.

Gros-Nez lui pique la plupart des clients en roulant fort les *r* et Dora a tout le loisir de se perdre dans ses pensées apocalyptiques. Et quand elle travaille, les billets disparaissent dans la poche de Maria, même si c'est grâce aux fesses de Dora. De son côté, Gros-Nez l'assure que cette somme-là sera transmise directement à son fils en Bulgarie, et Dora ne peut que faire confiance et plisser les yeux.

Les soirs où il ne se passe rien du tout, Dora s'amuse à faire des jeux de mots dans sa tête, où à dresser une liste imaginaire des passes afin de structurer son apprentissage. Elle en est à trois différentes :

- La passe express
- La passe où rien ne se passe
- La passe mensongère (elle ne la maîtrise pas encore).

Parfois, elles vont sur les quais du Rhône, c'est bien mieux. Dora a moins l'impression d'être jetée au milieu d'une décharge. Il y a des passants à observer et elle s'amuse à deviner les profils de chacun : des étudiants en retard, une femme qui doit être atteinte d'un cancer et vient d'apprendre son diagnostic mortel, un couple adultère… Ça lui rappelle sa jeunesse quand, quel que soit son poste de travail, caissière, comptable ou vendeuse de lampes, on lui demandait systématiquement de rédiger des rapports contre ses collègues. C'était malsain, mais ça lui assurait un peu de sécurité, précieux privilège vu sa situation de départ.

Il y a aussi Oui-Oui-Chéri, dont le vrai nom de pute est Priscilla, qui travaille de l'autre côté du quai. Dora étudie cet étrange animal au poil brun dont le profil lui échappe pour le coup. Oui-Oui se poste tous les soirs sur des talons qui foutent le vertige, dénudée, même l'hiver, et Maria s'inquiète qu'elle n'aille pas attraper la méningite. Elle a son propre 4 × 4 et assez d'argent pour se faire les nichons aussi gros que deux pleines lunes, pense Dora. Quand Oui-Oui est de bonne humeur, elle ouvre sa portière et met de la samba ou d'autres musiques de son pays, et fait valser ses pleines lunes artificielles. Elle doit en être à 18 000 pipes, ricane-t-on à l'Office du Tourisme des Balkans. Ça colporte aussi qu'elle a dû voler sa jeep de merde et que c'est un sale pédé. Mais Dora a appris la comptabilité dans sa jeunesse turco-bulgare et on ne la lui fait pas à l'envers : il y a un sacré bail que cette personne extraordinaire travaille sans proxénète, et Dora se demande à son tour comment se débarrasser de Dimitar.

Il faudrait sans doute commencer par Gros-Nez la Peste.

Poussière dorée

Bonjour 69 n'est pas une revue pornographique. C'est le journal des petites annonces de la région. Tu en as justement posté une pour trouver un job, même si tu sais bien que tu n'as pas le droit, sur ce point la Dame de la Préfecture a été catégorique.

Etud slave chr ménage

est ta première phrase publiée en France, qui gît tristement sur la page imprimée tel un corps haché et oublié sur une route près de Varna. Elle t'a été soufflée par Lili qui a trouvé beaucoup de travail grâce à cette formulation, et tu te demandes si préciser ses origines quand on cherche un travail est toujours une bonne idée, et si on l'annonce d'emblée pour que les employeurs ne soient pas surpris, en bien ou en mal.

Le résultat est époustouflant : ton nouveau combiné orange ne cesse de sonner. Tu as droit à plusieurs appels anonymes de personnes qui, sans mot dire, respirent avec intensité, et tu finis par croire que ton nouveau combiné est défectueux. Combien de temps cette malédiction électronique va-t-elle durer ? C'est des mecs qui se branlent sur ton accent, te rassure Rada Goranova, mais tu la trouves vraiment trop cynique parfois. Un jour enfin, une voix retentit, une voix de femme, chaleureuse et dynamique, et qui en outre souhaite t'embaucher, pour le ménage donc, mais avant cela elle aimerait connaître tes mensurations et les choses se gâtent :

Tu dis que tu es capable d'entrer même dans une petite pièce car tu es très souple.

La femme sympathique ricane et dit parfait pour la souplesse.

Tu demandes si elle t'a bien comprise avec ton accent.

Elle rit en disant que c'est toi qui as mal compris.

Après un moment de perplexité, tu te mets à respirer avec intensité dans le combiné orange et, ne trouvant aucun mot français de secours, tu décides de raccrocher.

Tu repostes une annonce dans le journal, en enlevant *slave*, et cela se passe beaucoup mieux, tu as dorénavant une montagne de chemises à repasser, plusieurs cuvettes de toilettes à récurer, et même le sol d'une bijouterie située place d'Hétéros où il ne faut pas jeter la poussière car elle est peut-être pleine d'or. À la fin de ce mois magique, tu as un terrible mal de dos et une somme d'argent assez maigrichonne. Quant à Lili, tu apprends qu'elle a donné ses mensurations. Par conséquent, elle travaille dans une boîte à champagne où elle gagne cinq fois plus d'argent que toi et finit régulièrement soûle.

Liste des merveilles 21

- *Squat* n'est pas un exercice physique mais un endroit qu'on occupe temporairement.
- En France, il y a 3 millions d'immeubles inoccupés, mais très peu de squats.
- On peut ramasser gratuitement des fruits pourris au marché et on appelle ça *récup*.
- Ici, on dit encore *lutte des classes*.
- Les punks sont souvent des fils de PDG, abrégé de président-directeur général.

Gros-Nez la Peste

12 m², c'est pas tout à fait le rêve français promis, d'autant que Dora les partage avec sa grosse peste de proxénète. Le loyer est lui fantastique, selon les mots de cette dernière, mais la colocation est pénible. En plus, Gros-Nez la proxénète a installé des petites figurines en porcelaine près de son lit qui rappellent à Dora un vieux film d'horreur diffusé sur la BNT pendant son enfance communiste. Il y a aussi une photo où Maria est encore toute jeune, dans les bras d'un garçon. De son côté de la pièce, Dora a posé la lampe et essaye de s'isoler parmi ses pensées apocalyptiques. Les premiers temps, elle ne faisait que crier durant son sommeil, ce qui empêchait sa voisine de dormir. Alors Gros-Nez lui répondait en romani pour éviter un conflit trop frontal et Dora la maudissait intérieurement. Elle lui souhaitait que son gros nez tombe comme une feuille morte, emporté par la peste, ou qu'il grandisse davantage et que plus aucun client ne veuille l'approcher. Parfois elle lui souhaitait que son amoureux pourrisse en prison, si ce n'était déjà fait, ou mieux encore, qu'elle attrape une de ces maladies qui rendent aphone à jamais.

Au réveil, se préparant en silence pour une nouvelle soirée de travail, Dora a toujours l'espoir éphémère que sa malédiction réussisse. En vain. Alors elle entreprend de saboter sa colocataire en élaborant divers plans créatifs. Elle lui cache des affaires, elle verse de l'huile de tournesol sur sa robe préférée, une grosse tache sur les fesses, en espérant qu'elle ne s'en aperçoive pas trop vite. Mais Maria ne s'aperçoit jamais de rien et cela désespère encore plus Dora : sa seule compagnie consiste en une femme totalement idiote. Maria n'a rien remarqué quand Dora, prise d'un élan de joie, s'est amusée à échanger le sel et le sucre, afin de savourer sa mine décomposée au moment de son premier café salé de la journée. Un jour où Gros-Nez l'a laissée seule pour aller téléphoner en Bulgarie d'une cabine, Dora a prélevé des cheveux dans son lit et sur ses vêtements puis couru les enterrer dans le jardin à côté, en prononçant Gros-Nez la Peste à voix basse dix fois, puis craché sur cette petite tombe qui se voulait prémonitoire.

De son côté, Gros-Nez, de nature naïve et très religieuse, éprouve beaucoup de culpabilité en entendant les blasphèmes quotidiens de Dora. Elle prie à voix haute en romani pour que sa voisine de chambre ne saisisse pas le sens de ses vœux pieux. Elle espère purger son âme de pécheresse et accepte d'écouter les plaintes de Dora en guise de châtiment. Ça lui laisse un mince espoir pour une place au paradis, se dit-elle. Mais comme il ne s'agit pas d'un petit péché, elle pense que ce n'est pas assez, qu'elle doit faire mieux pour que le Seigneur lui pardonne de pousser une femme à la prostitution. Elle décide d'accomplir une vraie bonne action : égayer la vie de Dora.

Il est temps de changer cette robe de grand-mère, ça vaut le coup d'investir, et Gros-Nez choisit la boutique Joly à Villeurbanne. Là-bas, elle achète pour Dora : deux hauts moulants, une minijupe noire, une robe rouge très décolletée, du maquillage à deux euros, des chaussures rouges laquées compensées.

Saura-t-elle marcher sur ces plateformes ? Gros-Nez cherche des terrains d'entente. Dora ne répond pas, déstabilisée pas tant par la hauteur des talons que par le brusque changement de comportement de Gros-Nez dont il lui faut se méfier davantage.

Le soir, Maria poudre les joues de sa protégée au milieu de la chambre, finement éclairée par la lampe multicolore. Dora voit ses traits disparaître dans un nuage cheap de terra cotta et de poussière. Puis de nouveaux traits surgissent, la main de Gros-Nez opère avec la précision d'une pâtissière : elle fait ressortir des pommettes tranchées, des lèvres menaçantes agrandies par un crayon couleur bordeaux, des yeux de chatte à l'eyeliner noir, des paupières brillantes dorées. Devant le miroir, Dora s'immobilise à la découverte de la créature en face, qui, affolée, la dévisage. Elle recule d'un pas, comme dans ces films d'épouvante où le protagoniste découvre qu'une dangereuse créature extraterrestre l'observe depuis longtemps, avachie tranquillement dans son fauteuil, un whisky à la main. Gros-Nez la contemple avec ses yeux malins, écartés l'un de l'autre par le gros nez, se marre quand Dora fait sa tête ahurie, puis s'applique elle aussi du rouge, du blush, maquille ses yeux, se range aux côtés de Dora, prend une pause sexy, et une fois définitivement transformée, se met à chantonner *Mercedes blanche* et éclate de rire. La chanson évoque à Dora les soirées moites dans leur village et la gaieté de Gros-Nez la contamine, la voilà qui s'esclaffe derrière son masque, de plus en plus fort, c'est encore mieux que les rituels d'Arifé pour expulser les chagrins.

Sous le tas de fringues, Maria déterre une bouteille de rakia qui n'est pas là par hasard. Deux verres sont remplis, malgré les tentatives de refus de Dora. Puis, la lampe donnant si belle allure à la scène, sans même s'en rendre compte, Dora boit et danse, main dans la main avec sa si gentille ennemie, tandis que les voisins du dessous tapent contre le chauffage collectif avec leur balai. Dora est bluffée par ce corps qu'elle avait oublié. Ce soir-là, il scintille tout entier. Il est plus arrogant encore. Elle virevolte dans sa robe rouge coquelicot, rouge Lénine, rigole-t-elle bien pompette. Il lui semble que sa compatriote, en revanche, est plus candide avec ses couches de fond de teint, comme si le maquillage avait effacé sa parure de proxénète miteuse. Ou alors c'est cette joie soudaine qui la rend plus belle. Dora commencerait presque à regretter de lui avoir versé des somnifères dans la rakia, mais il ne faudrait pas laisser cette stupide complicité naissante compromettre son projet. Deux ou trois verres plus tard, Gros-Nez s'effondre par terre et son rouge à lèvres bave sur ses joues.

Les Filles de l'Est, les hamburgers

C'est jour de ménage chez François l'Avocat Absent dont l'appartement est ton préféré, car doté d'une chaîne hi-fi aux enceintes immenses. Mais surtout parce que Maître François évalue mal le nettoyage d'un appartement trois pièces et loue tes services pendant cinq heures entières. Tu répartis alors ton temps selon tes convenances :

- 2 h 30 à faire semblant de savoir repasser des robes d'avocat,
- 1 heure pour les essayer et faire des défilés de mode dans son double séjour,
- 1 heure à faire semblant de danser un ballet sur ses CD de musique classique,
- 9 minutes à laver un carreau qui fait tache dans la salle de bains,
- 8 minutes à observer cette collection de petits soldats métalliques,
- 3 minutes à ne pas vraiment enlever la poussière des meubles : tu as lu qu'elle vient de l'espace et qu'elle permet la pollinisation des fleurs !
- 10 minutes pour t'étirer après l'effort.

La première fois tu as gardé un peu de répit pour analyser sa cuisine dont il n'a pas l'air de se servir vraiment. Si le frigo est vide, les placards en revanche sont blindés de pâtes de toutes formes et couleurs et des sauces pour aller avec. Tu en déduis que soit François l'Avocat est le survivant d'une guerre, habitué à faire des réserves ; soit il a un besoin profond voire obsessionnel de se relier à la culture d'une mère italienne partie trop tôt. Tu t'es demandé si un jour tu aurais des placards pleins de feta et de lutenitza et dans quel pays tu installeras ta cuisine. Enfin, tu as piqué une cuillère à soupe pour ta collection d'objets volés insignifiants qui te permet d'archiver tous ces appartements bourgeois que tu fais semblant de nettoyer, ou pas.

L'appartement de François l'Avocat Bizarre a un autre grand avantage : il est doté d'un ordinateur qui plus est relié à Internet. Ce jour-là, tu consacres 38 minutes à approfondir tes recherches sur les Filles de l'Est que tu n'as jamais vues en Bulgarie, et à regarder s'il existe également des Garçons de l'Est. Ce mystère t'occupait tant ces derniers temps que tu as décidé d'en faire l'objet de ton exposé en anthropologie : « Odyssée des Filles de l'Est et autres mythes contemporains ».

Un mot de passe t'est demandé, tu essayes touchepas_2001 et c'est dans le mille. Tu tapes comme à ton habitude *Filles + Est* dans le champ de recherche, et tu plonges dans un vortex plein de mystères :

« L'effondrement du communisme a poussé de nombreuses femmes d'Europe de l'Est sans travail ou mal payées à venir "exercer" dans les pays nordiques », lis-tu dans *Le Monde* du 30 décembre 1998. Il s'avère que « ce sont des filles dociles et naïves, qui se contentent de peu, les types leur donnent 100 francs ou 200 francs par jour, elles passent leur temps à manger des hamburgers, des glaces et des barres chocolatées, elles se saoulent à la vodka et au cognac », lis-tu dans *Le Monde* du 28 décembre 1995, de même « à la Casa Regina Pacis, toutes, comme Ludmila, ont des visages d'enfant, gaies et joyeuses », lis-tu dans *Le Monde*, du 1er décembre 2000, mais le pire est à venir : « la jolie slave partie de son village avec un "marchand de rêve", dans une "grosse voiture", est retrouvée décapitée en Sardaigne », en 1997, lis-tu, et ton gosier se crispe.

L'image de guerrières dangereuses venues d'Asie ou de championnes olympiques se mélange subitement avec celle d'adolescentes blondes qui mangent docilement des hamburgers à 200 francs et se font décapiter en Italie. Tu es perplexe mais soulagée d'être brune. Pour plus de sécurité, tu décides de perfectionner une autre de tes capacités, toute récente : faire semblant d'être espagnole, afin de garder ta tête en place.

Liste des merveilles 320 bis (erratum)

- En fait, place d'Hétéros s'écrit place des Terreaux.

Son rire résonne dans le terrain vague

Dora fourre des capotes, des mouchoirs et du maquillage dans son sac, se verse un peu de rakia dans une petite bouteille en plastique, au cas où, avant de refermer doucement la porte. Huit cents mètres la séparent de son lieu de travail habituel, il faut être prudente : éviter de croiser les propriétaires qui traînent dans le quartier ; ou un fou furieux peu souhaitable ; ou un chien errant, danger plus rare par ici. Elle emprunte un chemin de terre qui se faufile derrière un chantier et lui offre un raccourci protégé des regards. Au bout de quelques pas, elle a détecté une silhouette mais décide de maintenir son rythme afin de ne pas montrer le moindre signe de panique. Elle boit une gorgée de rakia et adopte une expression insouciante, comme si elle allait juste faire un tour à la pharmacie de garde par exemple, ou comme s'il était tout à fait habituel qu'une quinquagénaire se promène, maquillée comme une cantatrice d'opéra, dans un chantier à minuit. À sa démarche, elle reconnaît Hassan Ali, le vieux du kebab de Perrache, et ça la rassure. Après quelques amabilités en turc, Hassan Ali lui propose de l'accompagner, le temps de rejoindre une grande artère. Dora décline, de peur de lui faire perdre son temps, ou de lui être redevable. Mais surtout parce que ce soir, elle s'est découvert une force toute neuve, elle n'a plus besoin de personne.

À peine arrivée, une voiture ralentit à sa hauteur, deux jeunes la sifflent puis lui adressent des injures qu'elle comprend mal. Dora maintient la cadence, tout en gardant sa vision périphérique sur eux. Quand ils baissent la vitre, elle esquive d'un mouvement habile. Le projectile s'éclate sur une autre voiture en brisant la vitre côté chauffeur. Dora sursaute et s'esclaffe, transformant sa terreur en euphorie, et son rire résonne dans le terrain vague en face. Les mecs ricanent bêtement à leur tour et disparaissent en accélérant.

Aucune de ses collègues dans les parages Dora se sent seule, c'est agréable et étrange à la fois. Elle voit la voiture de Oui-Oui-Chéri, mais elle a du mal à discerner sa silhouette, pourtant la lumière est allumée. Un chat s'est posté pas loin et observe les mouvements de Dora. Et si elle avait mis trop de somnifères dans le verre de Maria ? s'inquiète-t-elle, quand un client l'aborde timidement. La cinquantaine, modeste, propre. Elle hausse la voix en annonçant le prix, puis le finit sur le parking des bus, en deux minutes trente, passe presque express. Elle se félicite de l'assurance de ses gestes, de sa force nouvelle, de ses mains qui ne tremblent plus. Elle a l'impression d'avoir accompli quelque chose de sensé, et que tous ces kilomètres de larmes n'étaient pas pour rien. Elle sort la bouteille et la vide cul sec. Elle recompte et range les billets, célébrant son premier salaire rien que pour elle. Faudrait sans doute leur trouver une cachette.

En moins d'une heure, deux autres clients demandent ses services. Un mec qui a du mal à bander : pipe et passe molle, il lui a laissé un bon pourboire et un souvenir de culpabilité. Puis un jeune homme un peu agité, mais dès que Dora pose sa main sur sa braguette il redevient calme comme les sept lacs du Rila. En face, les néons de la boîte Le Duplex se reflètent sur Dora, sa peau est violette, zébrée par endroits, les anciennes éraflures du chêne scintillent. Elle regarde la lune et la remercie pour l'accueil. À la place du chat maintenant une tache humide, Dora s'étonne de ne pas l'avoir remarquée plus tôt. Une musique entraînante s'échappe du Duplex. Dora bouge comme dans un rêve. Quelle joie d'être une parfaite inconnue, pense-t-elle en souriant. Et voilà que son corps ondule et se déchaîne dans la rue, libéré de toute routine.

Une voiture ralentit dans le dos de Dora qui continue de valser sans rien remarquer. Deux hommes en sortent, se marrant du spectacle. Pendant qu'ils s'approchent à pas lents de vieux loups frustrés, le chat fait un bond dans leur direction. Surpris, l'un d'eux sursaute et Dora sort d'un coup de sa transe. La fête est finie. Déclinez votre identité, ordonne celui qui arbore un brassard POLICE par-dessus son pull. Une feuille ocre rouge s'est décrochée de l'arbre et atterrit dans les cheveux du policier, lui donnant un petit côté frivole. Dora cherche des yeux une dernière fois Oui-Oui-Chéri, mais sa voiture n'est plus là. Puis elle réalise ce qui est en train d'arriver. Les deux agents lui demandent des papiers qu'elle n'a pas. Cela lui rappelle cette matinée dans son village, il y a onze ans, lorsqu'on lui avait annoncé qu'ils n'étaient plus valables parce que le nom qui y figurait n'était plus autorisé. Elle avait dû choisir une nouvelle identité. Maintenant, elle en a plusieurs.

Je m'appelle Dora, répond-elle, un sourire poli au coin des lèvres avant d'ajouter : Mon identité, perdue.

« Selon les policiers, les souteneurs faisaient venir de jeunes femmes de l'ex-URSS en leur fournissant de faux papiers d'identité. Celles-ci seront reconduites dans leur pays. »

Le Monde, 25 avril 1994

Lettres de Sibérie

Immergez-vous au cœur de la taïga
et venez vivre un voyage d'exception,
autour du lac Baïkal en Sibérie,
le plus grand lac au monde,

articules-tu dans un curieux studio à Condorcet, commune française de la Drôme, te confirme le Grand Larousse. Quitte à faire semblant, pourquoi ne pas aussi opter pour un job d'actrice ? Tu as été sélectionnée précisément pour ton accent, a priori parfait pour cette publicité dépaysante. Les autres filles, ayant trop roulé les *r*, n'ont pas eu droit à la beauté de la taïga, alors tu t'appliques. Mais c'est ta voix qui fait défaut et le producteur n'est pas satisfait. Beaucoup trop enrouée et monotone – seriez-vous déprimée ? te demande-t-il, agacé. Tu expliques que c'est à cause de tes amygdales, opérées sans anesthésie dans ton enfance en Bulgarie. Le producteur n'est pas content du tout. Plus tu enchaînes les prises, plus il a l'air inquiet.

Le voyage à Irkoutsk ne peut pas être enroué, au contraire, il faut être joyeux, suave et sensuel pour donner envie – tu sais faire ça ? te demande le producteur, l'air coquin. Tu répètes la phrase en mettant plus de dynamique dans la voix pour faire semblant d'être heureuse. IMMERGEZ-VOUS AU CŒUR DE LA TAÏGA, prononces-tu, un peu trop fort peut-être et le producteur t'interrompt, sidéré, pour te demander pourquoi tu lui cries dessus. On n'est pas dans un clip du Parti communiste, il faut être douce, intime, gentille, vous êtes une femme après tout, s'énerve-t-il. Tu reprends en faisant semblant d'être une femme, comme celles vues dans les films de Godard que tu connais de longue date. Tu choisis l'intonation d'Anna Karina dans *Pierrot le fou* quand elle se promène sur la plage sans savoir quoi faire, mais là tu en fais vraiment trop, dit le réalisateur en claquant la porte. Une cigarette plus tard, il revient vers toi un peu apaisé et te propose une nouvelle méthode. Il te demande de t'asseoir et de fermer les yeux. Il t'invite à prendre une inspiration profonde, en imaginant le lac Baïkal brillant au soleil. Il recourt à des métaphores du genre petits nuages où se refléterait la Sibérie tout entière, la région d'Irkoutsk avec ses plantes bénéfiques, ses chevaux sauvages, ses gens heureux. Tu es de plus en plus détendue et te réjouis de cette séance d'hypnose gratuite qui marche plutôt bien, tu es dans un état de semi-conscience, tu flottes. Mais plus le producteur répète le nom *Irkoutsk* plus un souvenir revient à la surface du lac et ternit les nuages dans ta tête, ça reflète non pas des gens heureux partant à la chasse sur des chevaux sauvages, mais des gens bossant jusqu'à épuisement dans des goulags. Dans ta tête, c'est une vraie tragédie humaine, tu te souviens de cette grand-tante qui, tombée sous le charme d'un trotskiste, avait accepté de transporter des tracts anti-gouvernement sous ses vêtements, avant de finir trotskiste elle-même, puis enfermée à la prison d'Alexandrov, pendant vingt ans dans la région d'Irkoutsk. Son amoureux était mort depuis longtemps d'une maladie mal soignée et elle n'avait même pas eu le droit d'assister à l'enterrement. Après avoir vécu ainsi dans la misère et la solitude, elle était revenue toute maigre et grise, tu avais l'impression qu'elle était vide, c'était ça que faisait le goulag aux gens, t'avait dit ta grand-mère communiste qui s'était occupée d'elle jusqu'à la fin de ses jours, ça fait des morts-vivants, disait-elle.

À présent tu es pâle comme un cadavre et tu luttes pour retenir tes larmes qui te viennent toujours quand tu penses trop à ta grand-mère communiste. Tu te concentres pour appliquer ta compétence numéro treize : faire semblant d'aller bien. Et en effet le producteur te propose de recommencer l'enregistrement, ne se doutant pas de l'échec de sa stratégie.

Immergez-vous au cœur de la taïga et venez vivre un voyage d'exception, autour du lac Baïkal en Sibérie, le plus grand lac du monde, dis-tu en éclatant dans un sanglot pathétique, prête à inonder le studio d'un océan de larmes. Furieux, le producteur balance son casque puis t'invite à quitter les lieux : il cherchait une voix pétillante, pas une tragédienne ratée.

Giovanni et la nouvelle vague italienne

Mais il paraît que ton talent pour l'art de faire semblant a été repéré à la fac. Giovanni, étudiant en master à l'Université Phare, te contacte pour te proposer un rôle dans un film ! En fait il a entendu dire que tu es vulgaire, précise-t-il dans un message, puis bulgare pardon correcteur automatique, dans un deuxième. Et comme il est godardien et engagé, il souhaiterait rendre hommage dans son œuvre aux victimes de la traite des humains : les prostituées. En toute logique, il a pensé à toi.

À la machine à café du bâtiment A, tu te retrouves à passer un entretien d'embauche, alors que tu n'étais pas encore sûre d'accepter. Mais Giovanni te rassure vite : ça ne sera évidemment pas payé parce que c'est un travail de fin d'études, en revanche toute l'Université Phare le verra lors d'une séance du ciné-club. Soudain tu te rappelles ta première apparition scénique, sur la grande estrade de ton collège à Sofia. Les classes de ta promo s'étaient exaltées quand tu étais apparue : tu ne portais rien que de la lingerie en dentelle rouge et des escarpins laqués. Il avait été question de représenter la France à travers ses symboles, interprétés par des corps allégoriques, le tien et celui de tes deux meilleures amies. Mais si Constantza avait obtenu le rôle de la Tour Eiffel, et Rosa celui de l'Arc du Triomphe, le tien était assez flou. Ton professeur de théâtre t'avait assurée que tu incarnais le prestige de la mode française dans le rôle d'un mannequin en vitrine dans le quartier de Pigalle, et cela sonnait en effet parisien, donc convaincant. Ce n'est qu'après le spectacle que les langues s'étaient déliées : Pigalle était un lieu de prostitution et tu avais joué une putain française, comme ils en ont plein là-bas, t'avait balancé avec autorité ton grand cousin Andreï.

Qui aurait cru que cette expérience pourrait t'être utile un jour ? Tu la racontes à Giovanni qui, lui, en est certain : si tu as su faire une prostituée française à 13 ans devant tout ton collège, tu sauras interpréter une prostituée bulgare devant une petite équipe de cinéma. Tu es ravie d'entrer dans ta carrière de comédienne par la grande porte du cinéma d'auteur.

Le premier jour du tournage, tout le monde semble extrêmement gêné, et tu devines qu'on va commencer par la scène où toi, enfin ton personnage, suce des godes. Tu rejoins ton lit dans le décor et enlèves ton peignoir pour exhiber une tenue spéciale, prêtée par Lili : un ensemble lingerie vert fluo psychédélique. En surplomb, une montagne de phallus de tailles et couleurs diverses qui te toisent. L'un parmi eux imite un membre XXL avec des veines gonflées qui te donnent un peu envie de mourir. Pour te mettre à l'aise, Giovanni propose que tu regardes ton image dans l'écran de retour, et il ajoute qu'il préfère te laisser seule avec la cheffe op, entre filles vous saurez mieux vous débrouiller.

Tu enfonces un petit gode rose bonbon dans ta bouche et tu te tournes vers le moniteur pour découvrir le résultat : tu ressembles à un poisson-globe effrayé. De quoi déclencher un infarctus à ta mère, heureusement elle n'est pas là et ne verra jamais cette œuvre en eaux troubles. La prise s'éternise et tu as le temps de t'interroger sur les caractéristiques des poissons-globes et de te demander s'ils ont mal aux joues en permanence. Aucune direction ne vient de nulle part, sur le plateau il fait de plus en plus chaud et la cheffe op est au bord du malaise vagal. Pourtant la scène était censée être elliptique et allusive plutôt que pornographique. Trois siècles plus tard au moins, Giovanni réapparaît, l'air dépassé. Ça rend pas très bien, confirme-t-il avec une voix d'outre-tombe. Il te propose de prendre une sucette : tu auras l'air moins bizarre, dit-il en se raclant la gorge, et tu peux la sucer à fond tout en répondant aux clients fictifs qui t'écrivent sur le chat, ajoute-t-il avant de s'enfuir à nouveau.

Salut t'es mignonne fais-moi voir ta chatte, t'écrit Giovanni depuis la pièce d'à côté, et tu te demandes si son désir est fictif aussi. La cheffe op grimace. Une déception se lit sur les visages. Ça ne semble pas très réaliste. Tu n'es pas une prostituée réaliste, ça se voit trop, en somme, que tu n'es pas du tout prostituée. L'angoisse monte de plus en plus fort chez toi. Tu ne sais pas si c'est dû au fait que le rendu n'est pas satisfaisant, ou parce que tout le monde reluque tes seins. Lors d'un changement de lumière tu fais semblant d'aller aux toilettes, et tu te casses, en embarquant quelques godes, pour toi et tes colocs.

4. Vous allez vous coltiner sa mère.

Parlons-en de sa mère. Sa mère, c'est toute sa famille. Les hommes ne vivent pas vieux dans ce pays, et leur vieille babouchka, c'est tout ce qui leur reste. Là-bas, pas de Sécurité sociale. En cas de soucis de santé, elles la feront venir chez vous, autant vous le dire tout de suite.

www.hommesdinfluence.com/
7-raisons-de-ne-pas-sortir-avec-une-fille-de-lest

Je le dirai

Dora est si fière d'elle. Les policiers l'ont laissée partir après le contrôle d'identité infructueux. Elle en tire trois hypothèses complémentaires : soit il y a des nuits miraculeuses ; soit les policiers qui la voyaient pour la première fois ont réellement cru qu'elle cherchait sa fille, mensonge interprété avec brio ; soit Dora leur rappelait trop leur propre mère pour qu'ils jouent les cow-boys.

Tout le monde a une mère, se dit Dora sur le chemin du retour, morte ou vivante, on la porte en soi, pense-t-elle mais ces réflexions existentielles sont interrompues par une idée fixe, cette soupe en sachet qui traîne dans les placards et dont elle a rêvé toute la nuit. Elle aurait pu s'acheter un döner chez Hassan Ali ou même aller dîner dans une vraie brasserie à la française, pourquoi pas, vu tout ce qu'elle avait gagné. Mais il fallait économiser pour les médicaments d'Aslan, et Dora a conçu une cachette sûre dans les bonnets de son soutien-gorge.

Poussant la porte et retrouvant Maria endormie dans la même position, Dora se félicite de sa maîtrise en pharmaceutique. Elle aurait pu devenir quelqu'un mais c'était trop tard pour y penser. En revanche, elle a plus envie que jamais de se débarrasser de Dimitar, additionnant tous les billets qu'elle pourrait garder rien que pour elle. Avec Maria, elles continueraient de loger ici jusqu'à ce qu'elles fassent assez d'argent pour trouver mieux, rêvasse Dora en allumant sa lampe chérie. Elle ne se voit pas rentrer au pays. Là-bas, tout lui paraît ridicule : les commères du village, la misère, Aslan… Faut s'avouer la vérité parfois, pense Dora, Aslan c'est un gamin difficile, elle n'en peut plus de ses crises de paranoïa mal soignées. Avec leurs ordonnances, il fallait toujours les chercher à l'étranger ces fameux médicaments, ça lui coûtait ses lampes en stock, sa pension de vieille handicapée et ça ne suffisait jamais. Trois passes à peine, tout compte fait, pense-t-elle au bord du fou rire alors que Maria émet un petit râle dans son cauchemar. Peut-être qu'un jour, Dora fera venir Aslan en France, elle rappellera aussi Milhan, son aîné, qui a eu la mauvaise idée de se marier avec une vraie native de Turquie et rate sa vie dans la province de Bodrum. Une fois réunis, la France serait une bien meilleure maison pour tous.

Visiblement, Maria n'a aucune intention de se réveiller. Dora ressent quelques remords et soulève le corps frêle de sa colocataire pour le traîner vers la chambre. Dans son sommeil, Maria marmonne des choses en romani et Dora dit oui oui bien sûr tout en l'installant dans le lit où elle retombe dans les bras de Morphée. Dora pose un verre d'eau à son chevet, lui enlève ses escarpins, la couvre avec un vieux sac de couchage douteux, puis aperçoit son petit Alcatel par terre. Dora ne connaît rien à ces gadgets ultramodernes, mais l'instinct d'espionnage ne meurt jamais chez une comptable. D'une pression sur un bouton, le petit robot s'allume. Là, Dora peut lire le prénom DIMITAR et comprend qu'il a essayé de les joindre douze fois. Et envoyé des messages qu'elle ouvre avec avidité. Des insultes mal orthographiées, des questions et une menace :

Maintenant je vais chez ta mère. Elle va tout savoir.

Dora se retourne vers Maria qui bave à nouveau sur son maquillage de moins en moins sexy. Vu la situation, mieux vaut que Dora réponde elle-même. Cela lui prend du temps avec ces touches qui n'arrêtent pas de clignoter et d'afficher des lettres différentes mais elle y arrive :

Si tu le dis à ma mère, je le dirai à la tienne.

Elle pose le téléphone près du lit de Maria, toujours dans les limbes, et va se coucher.

Chantal et la Fondation des capotes

Chercher la différence, revendiquer la singularité à tout prix peut devenir une autre forme de conformisme, te prévient le *Petit Larousse du savoir-vivre*, avant de t'enfoncer avec une phrase ironique : « Les têtes qui dépassent, on les coupe ! » Tu le sais déjà mais tu n'es pas prête à perdre la tienne, alors tu la couvres d'un chapeau, tu courbes le dos et tu règles ta démarche au rythme de la foule. Mais ton conformisme est bancal. Chaque fois que tu sors pour acheter une baguette ou pour déposer une lettre dans la boîte jaune, tu te fais remarquer par des hommes qui sifflent dans ton dos courbé. Que tu portes une tenue homologue à la mode chic décontractée, un pyjama ou le jean de ton père, on t'appelle *princesse* et on te salue. Tu ne sais pas te fondre dans la masse.

Ce jour-là, tu te vêts de bleu marine de la tête aux pieds et tu décides de pratiquer une autre tradition : t'asseoir en terrasse pour observer les Français afin de mieux les comprendre. Tu choisis un bistrot place des Terreaux et commandes une grenadine, boisson typique du pays, selon

Rada Goranova. Tu la renverses. La serveuse rapplique. *Déjà soûle ? c'est pourtant pas un kir !* s'exclame-t-elle en riant à gorge déployée. Tu ne comprends pas la blague. Désolée pour mon incivilité, bredouilles-tu et elle te regarde avec l'air de ceux qui se demandent si on se moque d'eux. À défaut de passer inaperçue, tu es dorénavant une bête curieuse et tout le monde s'en aperçoit.

Le type à côté te lance un clin d'œil bienveillant et annonce qu'il payera pour l'incident, et pour deux autres kirs. Tu es flattée que quelqu'un daigne te parler, mais tu n'es pas certaine de lui avoir proposé de s'asseoir à ta table, ce qu'il est précisément en train de faire, il s'avance très sûr de lui avec ses petits pieds qui puent. S'agit-il d'un autre rituel local ? Deux kirs sont désormais posés devant toi. Le type s'appelle Thierry Enchanté et se met à postillonner quand il repère ton petit accent bulgare. Il te raconte une histoire en pur français. Tu guettes les mots dans son flot grande vitesse, suspendue à ses lèvres toutes gercées et de plus en plus proches des tiennes. Tu comprends alors que ce n'était pas une histoire qu'on te racontait : ses lèvres violacées te couvraient de compliments pour mieux te serrer dans un coin de la table. Tu aimerais qu'Enchanté soit minuscule et qu'il s'écrase par hasard sous une porte comme un insecte hideux, mais ce n'est pas le cas. Ne trouvant aucun mot de secours pour annuler son assaut, tu lui balances le kir en pleine gueule et t'enfuis dans les ruelles de Croix-Paquet. Eh ! s'écrie le type qui, visiblement furieux, s'est mis en tête de te poursuivre.

Plus haut dans la côte, tu te retournes et remarques

qu'Enchanté a été rattrapé par la serveuse, qui le retient, exigeant sans doute qu'il paye pour tes bêtises. Tu te réfugies dans un jardin où l'on trouve des érables de Cappadoce et du Japon, des cèdres de l'Atlas et des arbres à fièvre épineux, lis-tu sur un petit panneau de la ville qui te divertit agréablement de ta réalité. Parmi les gens illustres qui ont vécu à Croix-Paquet figurent un certain Mathieu Durand (1810-1860) et le savant lyonnais Paul Saint-Olive (1799-1879). Puis tu découvres une plaque commémorative :

Ici est tombée héroïquement le 28 juillet 1944
à l'âge de 24 ans Mlle Lola Izraelski
Morte pour la France

Tu es bouleversée par le sort de cette pauvre Polonaise, presque du même âge que toi, qui a été abattue par la police française. Mais la face rougie de Thierry Enchanté s'imprime de nouveau dans le vert des arbres à fièvre et des érables de Cappadoce et te bombarde de paroles que tu devines moins élogieuses que tout à l'heure. Ce n'est donc pas fini. Tu aimerais que quelqu'un te sauve de ce mauvais scénario, mais tu ne sais pas qui en serait capable, d'autant que :

1) ta mère n'est pas là,
2) Rada Goranova non plus, et
3) Zahari, lui, doit être complètement neutralisé par la vodka à cette heure avancée de l'après-midi.

Tu t'engouffres dans ta traboule préférée, portant le nom du Roi-Soleil qui a fait plein de trucs mais c'est vraiment pas le moment. Tu attaques les dizaines de marches que le type derrière avale deux par deux, et tu te demandes si ce kir n'était pas une potion qui décuple les forces, auquel cas tu aurais mieux fait de ne pas la gaspiller. De plus en plus proche de tes oreilles, Enchanté continue de te traiter d'autres noms inconnus, tu sens la peur monter en toi, les marches de la traboule se multiplient et grandissent à chaque pas, tes fausses Nike commencent à perdre la bataille. Tu vois alors une porte entrouverte qui donne sur ce qui ressemble à une boutique aux vitres teintées. Une fois à l'intérieur, tu refermes derrière toi, et accroches la petite chaîne de sécurité qui scintille comme un espoir. En te retournant, tu remarques que tu es de nouveau au centre de l'attention : une géante d'une cinquantaine d'années te dévisage, ses dreadlocks blanc-gris lui arrivent aux hanches et ses bras musclés sont couverts de tatouages. À ses côtés, un berger blanc te sourit. Au second plan, une pièce couverte de flyers colorés, de vêtements en vrac, de piles de papiers autour d'un ordinateur, et des femmes qui courent en tout sens et semblent extrêmement occupées, bien qu'épatées par ton entrée spectaculaire. À peine as-tu le temps d'être impressionnée par les regards braqués sur toi qu'Enchanté s'écrase contre la vitre en criant. Le gros chien qui ne sourit plus se met à aboyer en écumant. Mais Enchanté est peut-être sourd, il insiste, il frappe aux carreaux de plus belle. Grosse pute ! hurle-t-il comme un idiot. La géante aux bras nus attrape son chien terrifiant tout en ouvrant d'un coup la porte : Enchanté déchante direct. Alors elle lui demande très poliment quelle grosse pute il cherche, parce qu'ici justement il y en a plein.

Enchanté bégaye, mais, te voyant derrière ta sauveuse, tente une tirade supplémentaire. Sa voix se fond parmi les grognements du chien qui exhibe désormais l'intégralité de ses canines.

Dégage, lui dit-elle d'une voix ferme, en lui adressant un regard assassin.

Bande de salopes, couine Enchanté de loin, mais on ne l'entend plus à cause de l'éclat de rire de l'assemblée.

*

La géante s'appelle Chantal mais tu la renommes ta Sauveuse. Les tatouages en ornement sur ses bras, son regard perçant, sa voix grave, une évidence. Il y a plus urgent à sauver que toi, te rétorque-t-elle, en poussant cette porte tu t'es sauvée toute seule. Une fille plus jeune s'approche et écoute tes galères de formulations linguistiques avec curiosité. Son poignet est orné de lettres gothiques : *Only God can judge me*. Respire, te conseille-t-elle d'une voix douce en te tendant un verre d'eau. Sur la grande table une troisième femme s'installe et ouvre une boîte : c'est un plat de lentilles, au riz et aux herbes, dont les arômes te projettent sur une vague de douceur, au milieu d'un océan frais qui dissout petit à petit tes angoisses. Tu essayes de résumer ce qui t'est arrivé, ou plutôt ce que tu as fait, précises-tu. Pas de culpa, te lance Chantal en t'invitant à t'asseoir avant de prendre un appel.

Une fois attablée, tu inspires lentement, et prends conscience que tes lacets sont détachés, bref, dans l'ensemble, tu as l'air pitoyable. Au fond de la pièce, un jeune homme se moque d'un document en le lisant à voix haute à ses collègues qui s'esclaffent en réponse. Le mur derrière lui est tapissé d'affiches :

L'IVG EST UN DROIT EN FRANCE,
NE LE FAIS PAS TOI-MÊME.

DÉPISTAGES À NOTRE ACCUEIL,
TOUS LES PREMIERS JEUDIS DU MOIS.

Tu profites d'un silence pour demander quel est ce lieu. Chantal t'explique qu'ici on accompagne les âmes et les corps en peine, on les aide dans les galères médicales, le combat administratif… On aide qui ? continues-tu à pédaler en ce labyrinthe des mystères. D'où tu viens ? te lance Chantal sans répondre à ta question, et tu te demandes si elle a eu d'autres métiers, si elle a un mari, à quoi ressemblaient ses vies précédentes, quel est son signe astral, est-ce qu'elle a peur des attentats, mais ce n'est pas du tout le sujet. Tu revois ses bras musclés et tu décides d'éviter les réponses extravagantes comme « je viens du 13 rue des Capucins » ou « de la planète Mars », habitude insolente transmise par Rada Goranova.

Bulgare, répète après toi Chantal, contente à en juger par l'enthousiasme soudain de son chien, *on pourrait avoir besoin de toi*. Et c'est bien la première fois que tu entends une chose pareille. Tu fais à Chantal l'offrande de ton *Grand Larousse illustré* 2001, ou peut-être est-ce un prêt, une sorte de caution que tu reviendras chercher. Même si en partant tu n'es toujours pas sûre de ce à quoi tu t'es vraiment engagée.

« Elles ne sont pas très attirées par les idées féministes. Rivaliser avec les hommes est pour elles totalement ridicule et elles se sentent bien à leur place dans leur rôle de femme. Dans la famille, le rôle principal échoit à l'homme, l'expression chef de famille conserve toute sa signification. Beaucoup d'entre elles excellent en cuisine, savent coudre et tricoter. Elles aiment recevoir de leur mieux les invités à la maison et attendent de vous la même attention. »

Agence Natclub

Déclinez votre identité

Déclinez votre identité
Déclinez votre identité
Déclinez votre identité
Déclarez votre identité
Décorez votre identité
Décodez votre identité
Dégagez votre égalité
Décalez votre maternité
Décalquez votre fraternité
Dégueulez votre disparité

Démembrez votre identité

Dora essaye de comprendre ces trois mots qu'on lui adresse maintenant au quotidien, qu'elle fasse des courses ou qu'elle sorte le chien de la propriétaire du magasin de bijoux volés pour arrondir ses fins de mois. Ça s'appelle le racolage fantaisiste et on l'applique à toute personne qui se prostitue même dans les moments où elle ne se prostitue pas. Alors Dora a agrafé sa fausse carte de séjour à l'envers de sa veste, comme ça on perd moins de temps et ça fait rire tout le monde.

L'Office du Tourisme des Balkans marche à plein régime et Dora commence à avoir mal aux chevilles qui gonflent comme des volcans. Les clients se font rares, mais elle ne s'en fait pas. Hassan Ali lui offre désormais des kebabs et Maria lui est si reconnaissante qu'elle n'arrête pas de partager cigarettes et flacons de vodka avec sa collègue. Le loyer, on s'en occupera plus tard.

En fait Maria n'est pas une peste. Au contraire, Dora découvre que c'est une fille docile et très influençable. Peureuse aussi, médite Dora. Le lendemain de l'épisode avec le somnifère, elle a eu tellement peur que Dora a été obligée de rappeler Dimitar pour lui avouer que c'était elle qui avait envoyé le message depuis le portable de Maria. Il s'est mis à la menacer mais Dora s'était préparée à la bagarre. Une guerre même, gagnée d'emblée, car elle connaissait désormais la vraie raison de l'absence de Dimitar en France. C'était sous son nez depuis le début, mais il avait fallu qu'une compatriote le lui explique, Denitza, une jeune prostituée qui travaillait pas loin de leur tunnel à Perrache. Dimitar avait déjà fait de la prison en France où il était encore recherché pour proxénétisme. Revenir ici, c'était mener une vie clandestine et risquer de retourner en taule. Alors Dora lui a juste rappelé qu'elle pourrait donner son adresse en Bulgarie aux inspecteurs du commissariat de Lyon. Dimitar a essayé de nier, avant de finir par promettre de les laisser tranquilles si Dora ne le dénonçait pas. Ainsi, en bonne femme d'affaires, Dora a-t-elle obtenu leur liberté.

Je peux aussi te la réciter, si tu veux, mon identité, peste Dora, et Oui-Oui-Chéri se tord de rire. *Décliner* et non pas *déclarer*, lui dit-elle, l'air professoral. Une fois, Dora a même apporté un dictionnaire pour animer le trottoir qu'elle avait trouvé à la Fondation des capotes, comme Oui-Oui-Chéri a rebaptisé leur association.

Décliner – Verbe intransitif.
1. S'écarter d'une direction donnée.
2. Refuser poliment, courtoisement.
3. Pencher vers sa fin.

Dora fait des moues et des pauses pour récolter les rires de son auditoire, et ça fait fondre les frontières, on en oublierait presque la guerre des Balkans et cette vieille polémique autour de l'alphabet cyrillique. Cette fois l'ennemi est commun et il a généralement des brassards autour des biceps.

Bien bien. La prochaine fois, elle leur dira que son identité a décliné de sa direction initiale pour se fourrer dans un paysage morbide. Par exemple, dans une forêt de sapins. Là où elle a commencé à pencher vers sa fin. Et Dora sera alors dans l'obligation de refuser poliment de donner ses papiers.

Ça se tient, valide Oui-Oui avec sa voix grave de prêtresse.

Et si ça marche pas, pour éviter qu'ils t'embarquent, tu leur dis que tu es là pour cultiver ton bronzage en lisant le dictionnaire. Ben oui quoi ! j'ai pas le droit ? et Oui-Oui acquiesce : moi je lis souvent Molière mais aujourd'hui je l'ai oublié chez moi.

Je me suis débarrassée de l'autre Dimitar, mais eux là, pas de débarrassagement, peste Dora, et Oui-Oui lui précise que ce mot n'existe pas, assise sur le capot de sa voiture. À partir de là, elle se met à lui raconter l'histoire de sa vie, petit à petit, comme un conte interminable qui fait progresser Dora en français. Elle a aussi appris à ne pas se jeter sur le premier client venu – surtout s'il pue ou s'il n'a pas de dents, par exemple, s'il est trop ivre, trop bizarre, trop poli, enfin, apprendre à sentir les gens, ça viendra avec le temps, annoncer le prix et l'encaisser avant le service, toujours repérer l'adresse où on t'amène en voiture et la communiquer à une coéquipière, porter une tenue sexy mais sportive afin de ne pas se faire arrêter sans cesse pour motif d'exhibition sur la voie publique, toujours avoir ses papiers, materner les flics autant que possible, materner les clients autant que possible, avoir un portable chargé sur soi, et en position levrette mettre les mains du client sur ses hanches, sans oublier de poser les siennes par-dessus, comme ça on est sûr qu'elles n'arriveront pas à nous étrangler, toujours avoir le contrôle, sinon faire *comme ça* avec son genou et *comme ça* avec ses couilles. Tu peux aussi lui enfoncer tes pouces dans les yeux, tu te places derrière sa tête et t'appuies bien fort, mais attention, ça abîme la manucure !

Casser un genou c'est hyper simple, renchérit Oui-Oui,

en lui proposant de s'entraîner sur le dictionnaire, mais seulement quand elle aura fini sa lecture. Pour le casser en deux, paf, à hauteur du genou ! Dora préfère épargner ce qui est dorénavant son bouclier de circonstance. Au pire, tu peux leur décoller les oreilles, ça part tout seul, il suffit d'un bon coup, comme un sparadrap, schrak ! Puis tu jettes et tu dis Va chercher, dit Oui-oui. Ça sent le vrai vécu, pense Dora.

Et combien de fois je dois la décalquer cette identité, râle-t-elle encore et Maria rigole. On a besoin de se détendre par ici. Surtout qu'hier Maria a été emmenée par un client au milieu d'un bois où il l'a abandonnée. C'était pour s'amuser, lui a-t-il balancé avant de disparaître en la laissant seule dans la nuit froide. Tu vas décalquer, ma sœur, pas le choix, dit-elle en crachant par terre un bon morceau de colère qui lui restait de la veille, coincé dans la poitrine.

Pipe, nom féminin.
Vagin, nom masculin.
Va comprendre la logique.

Combien la pipe ?
Je ne fume pas.

Mais quand les flics auraient dû venir pour la petite Alina, il n'y avait plus personne. Elle avait appelé pourtant, leur avait tout bien expliqué. Terrorisée toute seule dans une camionnette plus loin, vers l'aéroport, c'était difficile à expliquer l'adresse exacte. Entre un champ de maïs et rien. Un paysage indéchiffrable, inexistant. Un homme tournait autour de sa camionnette et la regardait bizarrement. Il s'était posté là, au milieu du rien, Alina ne comprenait pas comment il était arrivé là. Elle était jeune, à peine sortie de l'adolescence. Elle ne savait pas encore comment on cache sa trouille, ça lui collait à la peau fine, au corps presque transparent. Mais comme elle ne parlait pas bien le français, les flics lui avaient raccroché au nez, après une blague à la grammaire discutable. Puis un autre jour, c'est arrivé. Ils étaient trois qui puaient l'alcool. Alina ne pouvait pas dire combien de temps ça avait duré ni donner des détails quand on lui a demandé pour sa déposition – elle s'était évanouie. Le matin, elle avait cherché de l'eau, mais ils lui avaient tout volé. Elle s'était mise à marcher dans les taillis. Au bout de quelque temps, elle avait vu une maison. Elle avait sonné, c'était des gens bien, trop bien pour ouvrir la porte à une pute au regard abattu, avec des taches de sang sur sa robe déchirée, sans même un sourire de politesse. La police n'avait pas donné suite à sa plainte. Après tout, c'était une prostituée albanaise, avait résumé le commissaire comme si la suite allait de soi. Si elle avait eu la possibilité d'aller au tribunal, le juge aurait dit la même chose : le métier qu'elle exerce invite à ce genre de violences, donc non-lieu. Tout le monde se serait mis d'accord. Chantal et ses collègues avaient organisé une manif devant le commissariat, en vain.

Les flics étaient bien plus intéressés par une autre découverte lors de sa déposition ratée : ses papiers étaient faux.

Alors elle a eu droit à un vol en charter sans possibilité de retour. Dans son village paumé l'attendait son père violent, ce même type qui l'avait vendue à un proxénète deux ans plus tôt. Là-bas, elle ne pouvait plus travailler, se marier, étudier, vivre sa vie, trop souillée par sa parenthèse française. Ça lui collait à la peau.

Maintenant, on s'en souvenait avec tristesse. Tout le monde aimait Lina, comme on l'appelait, avec son sourire d'ange et ses piercings, ses chemises colorées, son côté garçon. Personne n'a jamais eu de ses nouvelles depuis. Comme si elle n'avait jamais existé.

Les prostituées racontent son histoire à chaque nouvelle arrivante de l'Office du Tourisme des Balkans et ça devient chaque fois un peu plus une légende. Pour qu'elles sachent. Pour qu'elles apprennent à craindre la police comme leur pire ennemi.

« Voilà encore dix ans, les “filles” étaient issues du milieu local : environ 300 péripatéticiennes connues des services de police exerçaient sur le vieux port. Mais, dès 1996, les premières filles de l’Est sont arrivées, et le phénomène n’a cessé d’augmenter : aujourd’hui, elles représentent 80 % du “marché”, selon les estimations policières. »

Le Monde, 24 août 2001

Déconstruire le réel (1)

Betty fait un tour dans la cuisine, selon son itinéraire habituel : d'abord autour de l'évier, puis vers l'étagère où elle retrouve des spécialités bulgares envoyées par ta mère parce qu'elle n'est pas là : des gaufres aux noisettes, des pâtes en forme de petites étoiles, des gâteaux au miel. Tu essayes de la suivre mais elle effectue des bonds et des virées insaisissables. Betty est la plus jeune recrue de votre secte, la seule qui ne paye pas de loyer. Normal, une souris a d'autres priorités, d'abord survivre et puis se nourrir. Pour l'instant vous la laissez se débrouiller, en laissant régulièrement des miettes partout. Tu essayes de faire le point sur elle avec ta caméra, mais impossible. Heureusement la lumière matinale éclaire les tomettes de la cuisine et facilite quelque peu ton tournage expérimental. Zahari entre dans la pièce avec un élan qu'on lui connaît peu. C'est l'arôme du café qui l'a attiré comme les miettes attirent Betty : dans ces moments-là, de joie, elle se met à sauter sur place tel un jouet sur ressort, et vous la contemplez, émerveillés par son show improvisé.

Remarquant vite qu'il est filmé, Zahari tourne le dos à

l'objectif et baisse son froc. Ça fait rire Lili qui essaye de se frayer un passage pour déposer les courses du petit déj : du camembert, une baguette et des tomates. Rada Goranova n'en revient pas : avec cette caméra, on pourra archiver l'assemblée générale de demain, s'exclame-t-elle un peu trop fort, et ça réveille Paf endormi le front sur la table. Tu préfères votre assemblée matinale, moins bavarde, même s'il y a de l'ambiance.

C'est la première fois que tu filmes et ton but personnel s'énonce ainsi :

a) arriver à faire le point ;
b) reproduire le rôle de la couleur rouge dans *Vertigo* grâce aux yeux rouges de Betty ;
c) déconstruire le réel tout en gardant l'aspect vraisemblable afin de maintenir la puissance dénonciatrice de la représentation en cours.

Mais tu n'arrives pas à tenir le cadre si bien qu'on se croit à bord d'un avion de terroristes et ça gâche quelque peu tes objectifs.

Soudain Paf saute sur sa chaise en criant : une souris putain, vous êtes fous !

Paf dit *putain* quand il a peur, et *punaise* s'il y a des enfants ou des chiens dans la pièce, parce que c'est plus correct. Il a dit *putain* parce qu'il n'a pas remarqué que Quiche vient d'entrer dans la cuisine, ce qui met un terme à la balade insouciante de Betty. Elle se volatilise et Paf redescend de la chaise. Tu finis par un gros plan sur les yeux de Quiche qui a tout raté du spectacle et se met à aboyer, face caméra, regard fixe et rancunier. Tu t'étais aperçue que Godard a un tel pouvoir sur les mâles que même les chiens arrêtent d'aboyer quand tu mentionnes son nom, on ne peut plus faire du champ-contrechamp a dit Godard, lances-tu et Quiche arrête d'aboyer. Le cinéma fabrique de la mémoire a dit Godard, et Quiche devient calme comme un caniche muet. Je n'ose pas me dire réalisateur, je déteste ce terme a dit Godard, récites-tu et Quiche s'allonge sur le dos. Émerveillée par l'impact de ce dressage, tu décides d'apprendre plein de répliques de Godard par cœur, au cas où un jour tu te ferais arrêter par la police, par exemple.

Coupez ! cries-tu exaltée, et Lili dit *okay bébé* en coupant le quignon de la baguette comme une tête. Tu te demandes si on peut appeler ça un tournage et si ça entre dans le thème de l'atelier pratique de cinéma « le sens de la vie ». Tu avais soumis un scénario plus complexe, mais il n'a pas été validé par ton professeur aux lèvres absentes, pour *langage incompréhensible*. N'étant pas d'humeur à te faire abattre, tu lui as balancé comme une grenade la phrase de Godard que tu connais de longue date :

Ce que je dis avec les mots n'est jamais ce que je dis

et la petite mâchoire de ton prof s'est décrochée sur le coup.

Rada Goranova ne lâche pas l'affaire, elle veut que tu viennes documenter l'assemblée générale, c'est ça le sens de la vie, conclut-elle en colère et Quiche recommence à aboyer. L'heure est grave, surenchérit désormais Rada Goranova, parce qu'on a ce vieux facho qui gagne en popularité. Il faut agir, contrer par l'action, organiser des cortèges, tout casser, et Quiche commence à montrer ses dents en grognant. Ça tombe bien parce que Claire qui organise la manif va bientôt arriver, t'informe Rada Goranova. Tu pourrais aussi filmer sa préparation, te propose-t-elle plus calmement, et tu as envie de mourir sur place. Claire est la nouvelle amie de Rada Goranova, qu'elle vous impose de plus en plus souvent. Avec Claire le monde a meilleur goût, plus de radicalité aussi, dit Rada Goranova, parce que Claire est une marginale qui a la classe. Son père est PDG d'une boîte inconnue de toi, mais elle a refusé tous ses privilèges de naissance et vit dans le squat que tu as ouvert à l'aide d'un Bulgare expert en travaux d'accès difficile sur le même palier que votre appartement, et elle est au RMI – abréviation qui ne concerne pas ton RIB d'étrangère de moins de 25 ans. Elle a des principes, déclare pour finir Rada Goranova, et tout le monde se met à se sentir coupable.

Deux minutes plus tard, Claire est dans la cuisine et vous explique ses principes exemplaires. Tu apprends que :

a) manger du camembert au petit déjeuner est un délit ;
b) on ne caresse un chien que s'il est couché ;
c) s'acheter des Nike trahit tes origines bourgeoises ;
d) tu as des origines bourgeoises.

Tu essayes de te défendre tant bien que mal – tu as acheté cette paire soldée avec ton propre salaire de femme de ménage parce que la retraite de ta grand-mère communiste émérite ne suffirait même pas pour s'offrir des lacets – pendant que Lili, moqueuse, lèche un bout de camembert en posture de chien couché. Claire rit de cette blague dont elle est pourtant la cible. Tu découvres qu'il n'y a pas que toi qui sais faire semblant.

Maintenant que tout a été enregistré, tu réalises que tu as enfin trouvé une place bien à toi, derrière la mini-DV. Tu préfères regarder plutôt qu'on te regarde.

Déconstruire le réel (2)

D'où viens-tu ? est désormais la question que n'importe qui se permet de te poser n'importe quand et dans n'importe quel contexte. Hier c'était un passant dans la rue, aujourd'hui c'est le boulanger. Enfant, cette question ne t'agaçait guère, rien ne t'agaçait en fait, sauf parfois l'absence de chocolat, mais surtout l'absence de ta mère. La première fois qu'on t'a demandé d'où tu venais, tu avais 3 ans et tu avais répondu sans hésiter : « de l'appartement ». Les choses sont plus simples quand on est petit, et deviennent compliquées sans qu'on s'en rende compte, alors tu décides d'en rajouter, tant qu'à faire, tu inventes des réponses variées et fleuries :

Je viens de 2 400 kilomètres d'ici, de 1 300 kilomètres de Téhéran, de 15 kilomètres de Traun, de 750 kilomètres d'Athènes et de 200 kilomètres de Koprivshtitza, tu connais ?

Et pour augmenter le mystère, tu as parfois recours au vocabulaire publicitaire des agences touristiques de ton pays : Je viens *« de la porte vers l'Orient »*, ou encore *« du carrefour des civilisations »*.

Mais un jour il est temps de retourner enfin là-bas, dans ton bled natal, cet eldorado du yaourt et des poivrons grillés en septembre, des Amazones ou des Baba Yaga, là où on est fort en lutte et en gymnastique rythmique, où les montagnes sont majestueuses et où les retraités font la manche pour survivre.

Pour ceci trois options s'offrent à toi :

a) la voiture, durée du trajet deux jours, en compagnie de trois garçons bulgares qui puent des pieds ;
b) l'avion, trop cher, trop polluant ;
c) le bus pas très légal, polluant également mais le choix le plus approprié, vu ton budget et les pieds qui puent.

Ce bus à deux étages se prend pour un taxi géant, il ramasse des passagers dans différents coins de l'Europe et tu visites du même coup la partie nord et la partie sud, avant d'atteindre, plusieurs jours plus tard, le vivier des mafieux et des loukoums sans pistaches, bref ta patrie. C'est l'arnaque, mais quand tu t'en rends compte tu es déjà en banlieue d'Helsinki. En Allemagne, un monsieur monte avec trois cabas et s'assoit à côté de toi, ce qui réduit sensiblement ton espace vital. En Suisse une machine à laver vous attend, seule à l'arrêt. Elle porte un panneau : *Milan.* Le bus intergalactique fait demi-tour, il ramasse un groupe d'étudiants bourrés près d'Amsterdam, mais c'est en Belgique que tu trouves ton salut. Un jeune homme ténébreux s'avance vers toi. Vous ne vous êtes jamais vus, mais pas la peine de se parler en aucune langue pour se comprendre. Deux minutes plus tard, vous êtes derrière les poubelles du parking et vous vous assommez à coups de spliffs surchargés. Le reste du voyage, par conséquent, se passe dans un rêve. Quelques réveils fugitifs te permettent de constater qu'il neige à Venise, que le monsieur aux cabas adore l'ail cru et que c'est à cause de la vitre cassée que tes pieds sont complètement gelés.

Trois jours plus tard tu es à Sofia, méconnaissable et complètement défoncée. Ta mère ne sait pas si elle doit se réjouir ou s'inquiéter, en attendant elle t'indique la salle de bains, puis ton lit.

Le lendemain, tu découvres que tout est un peu plus étranger que quand tu y habitais. Ta mère est là, donc. Elle est nerveuse, elle a fait à manger et réchauffé trois fois, elle s'assoit et se relève, elle a oublié des cigarettes allumées dans tous les cendriers de la maison, elle est stressée et emplie de joie, elle t'engueule – des *lave-toi les mains* et des *pas ce couteau-là* fusent dans l'air – mais au fond, tu le sens, ta mère est heureuse. Une fois le bon couteau trouvé, les mains propres et les cigarettes éteintes, une avalanche de questions se déverse alors que tu avales avec délice ces plats dont tu avais oublié le goût.

1. Où vis-tu ?
2. Pourquoi, au lieu de te trouver un beau Français riche, tu sors avec un Bulgare au chômage ?
3. As-tu trouvé des études qui t'intéressent, en somme, as-tu trouvé une raison valable pour justifier le sacrifice

d'une famille qui a brûlé ses dernières économies pour ton expérience française ?

En guise de réponse, tu lui parles de ton mémoire sur les Filles de l'Est et de ton premier film sur *le sens de la vie*. Enfin, tu lui casses les oreilles avec tes listes des merveilles de France, alors que tout le monde s'en fout ici, parce que les boîtes à lettres sont rouillées, que les rues étant pleines de trous ton père vient de se fracturer la jambe en trébuchant dedans, que le nouveau gouvernement a fait coalition avec l'ancien et que ta mère vient de perdre son boulot. La situation t'échappe. Tu essaies de la consoler en lui mettant des chansons de Barbara : trop tristes à son goût, comme si la vie ne l'était déjà pas assez. Elle observe ta tentative pathétique de te créer un affect francophile, sans comprendre ces chansons à texte trop complexe. Elle comprend seulement que tu n'es pas vraiment revenue. Que tu ne reviendras probablement jamais. Qu'elle est en train de perdre une part d'elle-même dans un pays inconnu.

Chez tes grands-parents, c'est encore pire. Tu leur as apporté des chocolats. Ils sont si heureux qu'ils s'en mettent plein la bouche, et n'arrivent plus à parler. Shootés au sucre, ils se figent dans des expressions comiques qui te donnent envie de chialer. Ils sont si vieux avec leur comportement infantile. Ils mâchent pendant une éternité sans savoir quoi te demander. À leurs pieds, ton chien remue vaguement la queue, parce qu'il te reconnaît et qu'il t'aime encore, ou parce qu'il veut sa récompense pralinée.

Et puis, il y a le paysage. Un paysage troué, gris, en ruines. Seul le mont Noir a résisté au temps et brille en face de chez toi. Tu empruntes une mini-DV à ton cousin Andreï qui a ouvert un magasin de caméras illégales et tu la charges, comme si ça pouvait te sauver, de remplir les trous. Le cinéma est une résistance à la mort, a dit Godard que tu connais de longue date, et c'est complètement faux, constates-tu. La mort s'est installée au coin de la rue pendant que tu faisais la touriste en France et elle ricane surexcitée dans tes oreilles. Ça fabrique des souvenirs, a dit aussi Godard. Tu t'accroches à cette dernière maxime, tu filmes tout, les trous comme les boîtes à lettres, les parents et leurs nouvelles rides, pour résister à l'oubli. Ton cousin t'a fait un prix d'ami et la moitié de ton salaire de femme de ménage est partie en fumée.

Le reste tu le gardes pour tes copines. Le nouveau fiancé de Constantza te fait un clin d'œil en guise de remerciement : Comment ça se fait que tu as autant d'argent ? te demande-t-il avec un sourire mal placé. Quand tu comprends l'allusion, il est déjà parti, alors tu pestes dans le vide. Tu arrêtes de payer des coups, choquée qu'on puisse penser que tu te prostitues.

Tu emportes en France tes images et les gâteaux de ta mère que tes camarades punks trouvent trop sucrés à leur goût. Tu es contente de rentrer mais tu ne sais plus où c'est chez toi. Tu décides de filmer en continu, dans les interstices et les transitions, tu guettes le réel dans l'espoir de le saisir. Tu découpes le monde avec ta caméra pour en choisir les séquences les plus vivables.

La jeunesse emmerde le Front national

La vie en société, faite d'interdépendances, repose sur un pacte tacite de bonne conduite destiné à réduire l'agressivité et à limiter les violences et ce pacte suppose le respect de l'espace public, lis-tu dans le *Petit Larousse du savoir-vivre*, mais il est fragile, menacé par l'individualisme croissant et par les incivilités, poursuis-tu pendant que Rada Goranova et Paf s'appliquent à casser un distributeur de cash à coups de pavé arraché rue de la République qui accueille actuellement une manif contre le Front national. C'est le 21 avril et l'ambiance est devenue soudainement déprimante. Dès l'annonce des résultats des élections, Rada Goranova s'est mise à imprimer ses candidatures de travail à New York et à Berlin, autant se barrer tout de suite, a-t-elle hurlé de colère. Cela ne nous concerne pas, lui a rétorqué Lili entre deux gorgées de Suze sans tonic, nous ne sommes pas citoyennes de ce pays et nous ne pouvons pas voter. Mais Rada Goranova a pointé une contradiction : ça vous concerne, au contraire, plus que tous les autres, car si Le Pen gagne les élections, vous retournerez aussi vite pêcher le brochet et boire du tonic sans Suze au bled, vous a-t-elle convaincues.

Vous vous êtes préparées comme pour aller au combat, tu as mis le pantalon de ton grand-père des années de guerre et ton beau tee-shirt FUCK YOU, tu as chargé ton disc-man avec une compilation des Béruriers noirs et emporté le *Petit Larousse du savoir-vivre*, au cas où tu t'ennuierais. Rada Goranova a tressé soigneusement ses cheveux verts et les a roulés dans un chignon comme dans *Vertigo* – ne jamais aller en manif en queue-de-cheval, répète-t-elle comme un mantra. Lili a enfilé ses plateformes parfaites pour donner des coups de pied, même si elle tenait à peine debout. Sur le moment, tu es heureuse de servir, sinon à autre chose, au moins à la cause antifasciste, à la différence du Zahari de ta vie qui préfère se planquer dans son jeu pixélisé à la con.

À présent, la tournure que prend cette révolution te rend perplexe, et l'écran brisé du distributeur d'argent devant toi te rappelle la vacuité de ton identité bancaire. Pendant ce temps, Lili est en train d'écrire *les nazis sont nazes* sur le pare-brise d'une voiture avec son rouge à lèvres bleu en essayant de rester debout malgré la situation, et tu te demandes ce que dirait la Dame de la Préfecture si elle te croisait avec un tel entourage. Tu énumères rapidement les raisons pour lesquelles elle pourrait se trouver dans les parages et il y en a plein :

a) faire les soldes ;
b) se promener ;
c) montrer la place des Terreaux à ses petits-enfants.

À l'unisson du cortège des slogans déplorent la fin de la démocratie, un peu comme les manifs contre les communistes en Bulgarie, sauf que là, c'est des communistes qui gueulent, t'a résumé Rada Goranova entre deux lancers de projectiles divers. À présent, elle te sort de ta forêt d'angoisse pour te pousser à l'action : ça te concerne, te dit-elle en te proposant un pavé. La Dame de la Préfecture, t'ayant jeté un regard accusateur dans ta tête que tu ne peux plus supporter, tu envoies, contre toute attente, le *Petit Larousse du savoir-vivre* dans la vitrine de la banque en face, sans autre succès qu'un ricochet mou qui finit dans une flaque. L'eau vous éclabousse de la tête aux pieds et cette action est célébrée par les cris exaltés et probablement moqueurs de tes amis. Tu es désormais incivile et pleine de vie.

Une heure plus tard, te voilà au commissariat du 1er arrondissement. Tes amis ont dû s'enfuir et, par conséquent, te laisser seule. À l'accueil, on te demande des explications et un policier confisque le *Petit Larousse du savoir-vivre* tout trempé, qu'il appelle « une arme de seconde catégorie ». Un court moment tu te demandes si garder le silence sous prétexte que tu ne comprends pas la langue ne serait pas une stratégie adaptée à la situation. Mais les voix des Bérus sortant de ton walkman compromettent ce plan. Tu expliques que, étant étudiante bulgare, tu travailles sur un mémoire dédié aux Filles de l'Est et à d'autres mythologies contemporaines. Votre carte de séjour, mademoiselle, te lance le policier, réduisant ainsi toute la prestance de ton exposé à néant. Tu te mets à fouiller tes poches avec un profond sentiment d'échec. Tu tentes une dernière chance :

La police m'a souvent arrêté pendant mes tournages a dit Jean-Luc Godard, balances-tu au policier qui ouvre grands ses yeux en s'exclamant, ah bon ? Tu précises qu'il s'agit juste d'une citation cinéphilique. L'impatience de l'agent commence à lui sortir par les trous du nez. Quels tournages ? questionne-t-il, et tu t'inquiètes : ne serait-il pas en relation avec la Dame de la Préfecture ? Dans ce cas, la situation ne risque-t-elle pas de s'ébruiter ? Mademoiselle, déclinez votre identité ou vous restez en garde à vue, s'énerve-t-il, et *Garde à vue* est un film français de Claude Miller sorti en 1981, essayes-tu d'impressionner une dernière fois ce policier incorruptible, avant qu'il ne t'enferme dans un espace étrange. Il te faut maintenant trouver quelqu'un, de préférence français, qui pourrait justifier de l'identité que tu as si mal déclinée. Mais le seul numéro de téléphone que tu connais par cœur, le tien, te relie au nouveau combiné orange qui sonne dans le vide. Tu te remémores le passage dans le Petit Larousse confisqué croulant sous une vague de culpabilité républicaine : aujourd'hui la tête à couper c'est la tienne, médites-tu en réprimant une larme. Tu penses aussi aux risques démesurés que tu as pris en te démarquant bêtement de la foule, alors que tu n'as qu'un laissez-pisser, oublié chez toi. Ce n'est pas donné à tout le monde de pouvoir se rebeller, renchéris-tu avec un brin d'amertume philosophique. Tu aimerais t'excuser mais tu ne sais pas auprès de qui – ta mère n'est pas là.

Dans ta cellule, il y a trois autres personnes dont deux que tu avais remarquées à la manif, ce qu'elles te confirment puis elles retournent à leur discussion sans te prêter davantage attention. La troisième, une femme plus âgée, tente d'appeler le policier, elle demande de l'eau, puis ajoute qu'elle est une dame âgée, avec un accent qui t'est assez familier. Les flics se marrent en confirmant qu'elle est vieille, et tu regrettes que Rada Goranova ne soit pas là pour leur rappeler combien ils sont minables avec leurs petits rires inconsistants. Vieille pute oui, chuchotent-ils dans leurs sales oreilles qui doivent puer la mort. Les tiennes sont chatouillées, comme si, par la bouche de cette inconnue renaissait un chant de l'enfance. Tu la regardes avec curiosité, sa robe rouge est trop moulante, ses bijoux en toc lui donnent une allure de reine.

Elle bredouille quelque chose comme *je peux être ta mère*, tout en étouffant un *debil*, entre ses dents, et tu n'as plus aucun doute. La violence du mot *débile* en bulgare est redoublée par le *l* prononcé au toucher de la langue et de la mâchoire supérieure qui lui donne un aspect abrupt et disgracieux, et une intonation qui retombe avec férocité à la fin du mot, comme pour enfoncer sous terre la personne à qui il est adressé – et tu projettes avec délice l'image mentale des deux flics sous un tas de terre dont seuls leurs petits pieds dépasseraient pour laisser une trace de leur existence puante.

Cette femme est bulgare. Les quelques fois où ton chemin a croisé celui de compatriotes, tu as toujours eu le drôle de réflexe d'examiner dans ta tenue les signes porteurs de tes origines, surtout ne pas montrer que tu les comprends, ranger *Le guide du voyageur galactique* en cyrillique, te cacher. Pourquoi te sens-tu menacée par ce qui est censé te ramener au passé ? Et maintenant, te sens-tu reliée à cette inconnue seulement parce que vous partagez la même langue ? Tu hésites à rompre l'anonymat et à décliner ta vraie identité. C'est là que Chantal apparaît, comme un soleil magique qui éclaire d'un coup la pièce où vous êtes enfermés. Enthousiaste, tu te lèves et entreprends de crier de joie, mais elle s'adresse à la dame à tes côtés, et tu comprends que vu les circonstances, il y a plus urgent que toi. Chantal exige qu'on apporte de l'eau à cette femme au bord du malaise et se décale pour faire place aux flics aux petites oreilles quand soudain elle t'aperçoit, tiens tiens. Elle sourit et t'adresse quelque chose du genre *je savais que j'allais te recroiser, mais pas ici !* Tu rougis fort alors que c'est pas du tout le contexte, puis, ne sachant pas quoi faire, te rassoies. Tu es toujours bulgare ? te taquine-t-elle et tu pressens que le moment est venu de te rendre utile et de briller devant elle. Chantal te confirme que tu pourras remplir la déclaration de ta compatriote, étant donné que tu as du temps devant toi : vous y passerez la nuit.

Elle s'appelle Dora et tu vas l'aider à compléter son formulaire. Et à traduire le plus fidèlement possible cette déclaration qui est un roman en soi.

Témoignage

Nom ? Ça dépend.

Nationalité ? Je ne sais plus.

Enfant, je pouvais dire je suis bulgare. Adolescente peut-être, c'était encore l'enfance. Note ça. À 18 ans, j'en avais fini avec les études. Laisse tomber cette année, mais l'année prochaine on verra si c'est possible, voilà ce qu'on me disait quand j'essayais de m'inscrire à la fac. Parce que je ne suis pas fille de *partisanin*, de *yatak*, de communiste ? Parce que je ne suis personne ? Disons ça, m'avait-on répondu. Moi on m'a proposé plusieurs fois d'être membre du Parti et j'ai toujours refusé, jamais je ne deviendrai membre de votre Parti communiste, je n'en veux pas. J'étais avec mes noms turcs, et à un moment donné je me suis heurtée à une sorte de barrière. On n'avait jamais vu une Turque vouloir s'inscrire en lettres bulgares à la fac. J'étais alors comptable dans une entreprise à Varna, j'y allais et revenais au village tous les soirs.

Ils ont commencé avec les Roms d'origine turque. À cette époque tout le monde vivait ensemble, les Roms roumains et les Roms d'origine turque, les Bulgares, les Turcs.

Ma mère était femme de ménage à l'école mais nous avons toujours entretenu des relations avec tout le corps enseignant, d'ailleurs c'était souvent des femmes de militaires! On les invitait à la maison parfois, ça n'avait jamais posé problème, note ça. Mais en moins d'un an leur *processus de régénération* est arrivé chez nous.

Comment ça s'est passé? Écoute ça. Je me réveille un matin. Je frappe sur le plancher pour qu'ils se réveillent en bas, qu'est-ce que vous faites? on est en retard pour le travail, je leur dis. Nous travaillions tous dans l'épicerie du coin. J'attends une réaction mais personne ne se lève. Puis je regarde par la fenêtre: un cordon militaire autour de la maison, le pompier, le garde-forestier, le gendarme, tous avec leurs carabines. Mon père se lève péniblement – il ne pouvait déjà plus marcher, traînait un pied et son bras ballant, c'était comme ça depuis son AVC. C'est rien, il me dit. Mon frère se demande s'il est arrivé un cambriolage dans l'épicerie. Je lui dis que non, il n'y aurait pas eu vingt personnes venues nous chercher, le pompier, le flic, le militaire, tout le monde est là: avec des carabines!

Et après! On nous empêche de sortir de la maison, je demande ce qui se passe. *Faut aller dans le RPK* – Coopération Privée Directive, je ne sais pas comment tu vas traduire ça, note RPK – *ils vont vous expliquer là-bas.* On monte dans le Moskvitch, on nous escorte! Ils disent que les parents doivent aussi sortir, je dis: mais il est souffrant mon père, où est-ce qu'il va sortir? Ma belle-sœur était enceinte, ça se passait en février: on va les conduire, mais où? Il est 6 h 45, on arrive au RPK.

Le policier, un paysan typique, me dit : ben allez-y choisissez-vous un nom là…

Je demande : de quel nom vous parlez ? Il faut que vous changiez les noms, toi on t'appelait déjà Dora, donc ça va ? Je dis, moi je ne sais pas, mais Arkan vous le connaissez sous ce nom-là, qu'est-ce qu'on fait ? Ma belle-sœur, qui était plus émotive, lui dit : je suis turque et je le resterai, je ne vais pas changer de nom, etc.

Est-ce que je le sors ? me dit le paysan.

Qu'est-ce que tu vas sortir, toi ! C'était un vieil homme tout froissé, alors je me dis qu'il va sortir un pistolet pour nous fusiller direct et qu'on en finisse, mais il a sorti une vieille radio. J'appelle pour qu'ils viennent vous chercher, me dit-il. Nous chercher, mais pour quoi faire ?

Et ils nous ont amenés vers ce que j'ai rebaptisé plus tard *la place de la Honte*, note-le bien. Parce que c'était vrai, on était tous dehors sur cette place. Ils ont commencé à nous expliquer : là vous partez en Turquie, on vous attend là-bas. Nous, on pose des questions, ils nous disent silence pas de commentaires. Il est interdit de parler ? je demande. Pourtant c'est en bulgare que je cause. Tous les flics de Kyoustendil, avec leurs pistolets, je me dis, ces crevards, si je fais un mouvement qu'est-ce qui va se passer ? Le plus drôle, note ça : ils voulaient qu'on écrive et qu'on signe une demande ! *Je vous prie qu'on me restitue le nom bulgare qui m'a été enlevé par l'Empire ottoman, etc., car je suis de culture chrétienne et bulgare, etc.* Moi j'ai rien demandé, mais il faudrait que je *prie* pour ce nouveau nom dont je ne veux pas. Dans mon dos il y a cette chose qui me menace – la carabine. J'ai vu que mes parents étaient là aussi, quelqu'un les avait amenés en voiture car mon père ne pouvait pas marcher. Je lui demande : qu'est-ce qu'on va faire ? Il me dit, on fait comme tout le monde, tu vois bien. J'ai pris l'*Officiel des prénoms*, ma sœur voulait que ça commence par *ra*, j'ai proposé Rada, c'était joyeux ! Elle trouvait ça laid. Je lui ai promis qu'on n'allait évidemment pas l'appeler comme ça.

À quoi ça sert d'avoir un prénom, si on ne l'utilise pas ? elle m'a demandé.

Je faisais le pitre exprès, pour que ça se passe sans difficultés. Le flic – on se connaissait depuis petits – il me dit, s'il te plaît Dora, dis à ton père d'accepter, vous n'avez pas idée ! ce que vous risquez c'est très grave. On leur fait quitter des maisons en vingt-quatre heures, et je ne te dis pas combien seront amenés au camp de Béléné. Mais pourquoi ? Je n'arrivais pas à le croire. À Béléné, on n'en était plus à la période où tu pouvais t'y retrouver pour une blague contre les communistes. On y mettait des assassins. C'est ça qu'on savait de Béléné.

Fais ce qu'on te dit, il me suppliait.

Note ça. Je leur ai proposé Pressian et Dessislava, des prénoms atypiques pour notre région. Des prénoms de rois. C'était là ma résistance.

Et on est restés. On a voulu continuer avec nos prénoms de rois mais c'était plus compliqué que ça. Parce qu'il fallait tout recommencer : nos papiers n'étaient plus valides ! Et nos dossiers de santé ? Plus rien, on était des nouveau-nés et ils appelaient ça *le processus de la régénération*. Tu penses que nos maladies allaient disparaître avec nos noms turcs ? Tout en fait devait disparaître, on allait oublier d'où on venait.

Note ça : du jour au lendemain il était interdit de parler le turc, au début dans l'espace public et puis même dans les maisons… Comment ils pouvaient le savoir ? Soit les murs étaient des espions et ça arrivait qu'on y installe des micros ; mais pire, c'était plutôt à l'intérieur des familles, on s'espionnait entre nous. Ils nous avaient coupés des Bulgares, et maintenant de nos parents, de nos frères et sœurs. Sinon, on te retenait une partie de ton salaire à la fin du mois !

5 leva par mot en turc.

Donc si tu demandais à ta grand-mère *merhaba nasıl gidiyor yapabilirim hazırlanmak a kahve*, ça te coûtait 30 leva et c'en était fini de ton salaire pour le mois. Je sais ce que tu te dis : pourquoi je ne lui parlais pas en bulgare à, disons, ma grand-mère ? Pourquoi hein ! Ben parce qu'elle ne le comprenait pas.

D'ailleurs, un jour, ma grand-mère en a eu marre. Elle a vu qu'on demandait aux enfants à l'école d'aller effacer le croissant de lune sur les tombes, avec de l'eau et du ciment, tu mélanges et tu remplis le trou, tu effaces en remplissant, tu comprends ? OK, mais comment tu fais pour changer les croyances d'un mort, tu m'expliques ? Puis une amie lui a dit que ça n'allait pas s'améliorer, c'était une décision du Parti. Alors, dès qu'il y a eu les départs, la Grande Excursion on l'appelait, t'as dû les voir ces reportages avec des bouchons de voitures ? Non ? Tu devais être trop petite toi à cette époque. Bon. Soi-disant les douanes turques ne les laissaient pas entrer. Non, c'était les Bulgares. Ils les bloquaient à la frontière des jours et des jours, dans des camps au milieu de nulle part, et les gens restaient là, plantés, sans avoir de quoi nourrir leurs enfants, de quoi se laver.

D'où je viens ? Note ça : moi au départ je m'en foutais d'être turque ou bulgare, c'est eux qui m'ont mis ça dans la tête : ils nous ont imposé, je n'ai plus le mot, ni en turc, ni en bulgare, ni en français… Ah oui, un sentiment national, on dit ça non ? De quelle nationalité le sentiment ? Ben turque ! Alors que je n'y avais jamais mis les pieds et que je ne le parlais quasiment pas, des mots par-ci par-là avec ma grand-mère, c'est tout. Je me suis mise à l'apprendre pour partir de Bulgarie !

Après j'ai rendu visite à ma grand-mère en Turquie. Comment je me suis sentie là-bas ? Tout m'était étranger, voilà ! Le fameux sentiment national, d'après des origines lointaines, m'était étranger. Même si c'était beau. Il y avait un Turc gentil qui faisait le café dans le sable chaud. Tu sais, quand ça cuit lentement dans le *cezvé*, ça dégage plein d'arômes, tu as déjà goûté ? Il en fait des fois, Ali, près de la gare de Perrache, faut aller goûter ! Je crois qu'il met de la cardamome lui.

Mais ce n'était pas chez moi. En attendant, ma grand-mère a perdu sa maison en Bulgarie, elle ne pouvait plus revenir en arrière, elle était coincée avec des cousins inconnus qui lui filaient de quoi manger, puis elle est morte de colère. De colère, note ça ! Et pendant ce temps-là, en Bulgarie, j'ai un copain qui est mort aussi dans l'une des insurrections qui ont eu lieu alors. Oui, les gens n'étaient pas d'accord qu'on les humilie, il y avait des familles, des enfants, on leur a tiré dessus.

Alors tu vois. Je ne savais plus d'où je venais ni où j'allais.

Quand la démocratie a « explosé », on nous a restitué les noms turcs ! On aurait pu s'en réjouir. Eh bien, note ça aussi : certains n'en voulaient plus. Ils se sont rendu compte que c'était plus facile d'avoir un nom bulgare. Parce qu'on ne voyait jamais des noms turcs à partir d'un certain niveau dans la société, tu vois ce que je veux dire. Ils ont fait des quotas spéciaux pour nos noms turcs, donc il ne pouvait y avoir qu'un éduqué par village, pas plus. Je suis devenue membre du Mouvement des droits et des libertés. Mais là encore, tout ce qu'ils nous disaient là-bas étaient une manipulation, note bien. Je me suis barrée de leur parti aussi.

En revenant au pays, je n'avais plus rien, sauf deux enfants et leur père qui n'a pas voulu se marier avec moi. Enfin si, au départ il m'avait promis. Tu sais ce que ça signifie dans mon village une Turque avec deux enfants hors mariage ? Bien plus tard j'ai appris qu'il en avait fait des promesses, une par village, dans toute la région de Varna.

J'avais donc deux bâtards. On ne me regardait plus dans les yeux et les poivrots de petit rade me traitaient de… tu sais de quoi, ne note pas ça. J'ai déménagé à X et j'ai ouvert un magasin de luminaires, j'étais la gérante. Eh oui, moi la petite Turque avec ses deux bâtards, qui n'étais jamais allée à l'université, et dont la mère était femme de ménage à la mairie ! Mais ça n'a marché qu'un temps, avec la dévaluation monétaire et tous les escrocs, le pays était bloqué. Et moi j'avais ce fils, un vrai petit dictateur qui avait des pensées noires, il fallait s'en occuper. Mais il n'y avait pas d'hôpitaux psychiatriques chez nous et pas d'argent pour les médicaments. Quand Dimitar m'a proposé de partir en Belgique, je n'ai pas hésité. Après, j'ai vécu l'horreur en arrivant. Et maintenant, je sais ce qu'il me reste à faire. Je suis là d'où je ne viens pas, on n'a jamais validé mes papiers et mon identité avec, tu lui diras au petit flic ! Ici je peux envoyer de l'argent à mon fils et soigner mes maladies qui n'ont pas disparu avec mon nom turc, tu as bien noté ?

Western

Chantal conduit tout en conversant au téléphone et tu te perds volontiers dans la tonalité de sa voix. Une voix d'homme, dirait ta mère mais elle n'est pas là. Des paysages étonnants défilent devant le pare-brise et ça doit faire au moins quinze minutes que tu n'as plus aucune idée d'où tu te trouves. Est-ce toujours la même ville ? Les rues ont moins de chic qu'ailleurs et les trottoirs sont très aléatoires. Chantal avait insisté pour que vous raccompagniez Dora chez elle et tu l'avais suivie. Quelques semaines plus tard, elle t'avait rappelée. À présent les questions se brouillent dans ta tête au fil des kilomètres dévalés :

a) Est-ce que les autres filles sont comme Dora ?
b) Seront-elles toutes de l'Est ?
c) Seront-elles toutes des filles ?

Au commissariat, tu avais marqué des points. Ta traduction était satisfaisante, même si tu avais confondu *tapin* et *tapan*, un instrument musical traditionnel en Bulgarie. Ce qui n'était pas si déplacé tout compte fait puisque Dora avait été embarquée pour avoir dansé sur la voie publique en tenue provocante et ça c'est un délit pénal d'exhibition sexuelle ou atteinte contre les bonnes mœurs, tu n'avais pas bien saisi les mots qui sortaient de la bouche du petit flic. Dora t'avait murmuré en bulgare qu'il n'y avait personne à troubler sur ce parking vide à part un chat tigré qui se portait très bien. Au lieu de traduire, tu avais préféré demander pourquoi au pays de la liberté on n'a pas le droit de danser. Tout le monde avait ricané à ta remarque. Le policier aux petites oreilles avait rétorqué qu'il n'y a pas à discuter avec une sans-papiers qui traîne le Petit Larousse dans la boue. Heureusement Chantal avait signé l'attestation où elle s'engageait à ce que tu apportes tes papiers dans la semaine, et elle avait déjà ceux de Dora. Chantal gère tout. Aujourd'hui tu te rappelles cet épisode tout émue, l'épisode où la géante t'a encore sauvée. Tout chez elle est grand. Surtout ses bras. Et ses yeux. Quand elle te regarde tu te sens importante.

Tu avais passé la nuit à écouter Dora. Tu savais qu'à la fin du régime communiste les Turcs avaient été contraints, par la loi et par la force, de se *bulgariser*: de prendre des noms turcs et de renoncer à leurs rites ou de quitter le pays. Tu savais que parfois il y avait eu des meurtres et qu'on appelait ça le Processus de la Régénération. Mais tu ignorais ce que cela signifiait vraiment, de perdre un nom, de ne pas pouvoir parler avec sa grand-mère, d'avoir honte pour rien et tout le temps.

Votre minibus tourne vers la gare de Perrache et ralentit à la vue des premières personnes qui attendent des clients. Deux d'entre elles parlent en bulgare, d'autres dans des langues familières. Tout va bien, disent-elles à Chantal qui leur fournit des préservatifs. Toi tu sers le café et les madeleines, les filles montent pour se réchauffer puis repartent. Il y a une Marocaine plus âgée qui lit le journal dans sa voiture. Vous voyant, elle s'approche aussi, cause avec Chantal, tu as l'impression qu'elle porte un pyjama. Tu demandes si tout le monde se prostitue ici. Oui tout le monde, et sans proxénète pour les personnes présentes, dit Chantal. Un peu plus loin, il y a les Nigérianes. C'est un gang de filles toutes tatouées qui débarquent l'air menaçant, l'une d'entre elles porte un bâton qui ne présage rien de bon. Que se passe-t-il ? demande Chantal. Elles veulent se venger. La veille, un cinglé leur a balancé un seau de merde. Non, ce n'est pas une expression. Il vient chaque soir les insulter, mais cette fois c'est vraiment trop. Elles doivent se défendre parce que la police n'est toujours pas intervenue. Chantal leur propose d'appeler au nom de l'association en cas de récidive.

Plus loin, entre les hangars et le parking, une épaisse fumée englobe un paysage surréaliste. De merguez, salives-tu, étonnée. Là ce sont les Dominicaines, te précise Chantal. L'ambiance est mystérieuse, presque festive. Tu remarques que ce sont des hommes qui s'occupent du barbecue pendant que des femmes dansent sur des rythmes enjoués. Cette fois vous repartez une saucisse grillée à la main.

Le minibus s'engage sur l'autoroute et accélère d'un coup. Tu sens une inquiétude te nouer le ventre et tu demandes si c'est bientôt fini. Cette fois Chantal t'adresse un large sourire et t'explique que vous devez faire un dernier tour. Tu t'es lancée dans une dissertation sur les filles de l'Est, non ? Comme ça, tu auras une vue d'ensemble, te rassure ta guide. C'est à une trentaine de kilomètres de Lyon.

Le panorama se défait progressivement de toute urbanité, et vous vous engouffrez dans une large étendue de champs de maïs, entourés de petits taillis. Tu es de plus en plus désorientée. Ce n'est ni la campagne ni la forêt. Des avions s'envolent à proximité, déchirent l'atmosphère de bruits fracassants. Chantal ralentit et tourne entre deux parcelles cultivées. Tu te demandes si tu filmais, quel angle tu choisirais. Sans doute un plan serré en longue focale sur la camionnette que tu devines au bout du champ. Une nuée de guêpes tournoie sur le capot. Le soleil se couche à l'horizon. Tu remarques un potager devant le van, ça ressemble plus à des tomates en fin de compte. Cette petite plantation détonne avec le reste du champ. Une robe défraîchie sèche sur une corde fixée tant bien que mal, entre le toit de la camionnette et un piquet planté plus loin, le soleil traverse ses voiles. À côté un rouleau de câbles en bois sert de table, sur laquelle sont posées des boîtes de conserve et des poivrons séchés. Non, tu ne filmerais pas. Il te faudrait d'abord comprendre comment les personnes d'ici regardent ce lieu. L'habitacle a l'air vide, une longue bougie blanche est posée à la place du mort, sur une boîte noire et tu te demandes si c'est pour un rituel ou une indication.

Chantal éteint le moteur et tu entends la rumeur stridente des cigales. Elle descend du minibus avec une démarche de cow-boy et chasse d'un mouvement délicat une guêpe insistante.

Bonjour, il y a quelqu'un ? demande la voix enrobante de ta guide et les cigales se taisent. Au bout de quelques instants, la porte de la vieille camionnette s'ouvre avec un bruit spectral. Une femme noire de l'âge de Dora apparaît, elle a l'air de se réveiller. Chantal se présente. Pas besoin que tu parles, heureusement, mais tu fais semblant d'être légitime, avec un sourire cordial et nonchalant. Chantal lui demande si elle va bien, si elle a assez d'eau, si elle a eu des soucis ou quelque chose à signaler. C'est là que tu remarques que l'essaim de guêpes s'est installé à l'intérieur du capot, y pénétrant par le rétroviseur en vrac.

Tu ne sais pas si la femme est intimidée par votre présence ou si c'est son expression habituelle. Elle ne parle pas bien le français, juste assez pour remercier. Tout va bien, mais peu de clients, tout est très loin, pas facile pour les courses. L'objectif de Chantal c'est de confirmer avec elle l'adresse du stationnement et de distribuer un numéro d'urgence où elle peut appeler en cas de problème.

Connaissez-vous votre adresse ? demande Chantal de sa voix chaude. La femme fait non de la tête. Ça a un nom ici ? semble-t-elle s'interroger.

Entre deux coups de volant, Chantal t'explique qu'elles sont des « saisonnières », souvent elles remplacent d'autres travailleuses reparties au pays pour voir leur famille. Venir ici, ça leur permet d'exercer sans que leurs proches l'apprennent. Elles prétendent qu'elles partent en vacances, voir une cousine, une amie. Ce n'est qu'une fois arrivées qu'elles comprennent les conditions et l'isolement qu'elles vont vivre. La police ne se déplace que rarement aussi loin, même quand elles indiquent la bonne localisation. Mais certaines préfèrent le calme et l'anonymat. Question d'expérience.

Vous faites le tour de plusieurs camionnettes et tu observes ces habitacles éparpillés dans un paysage désolant. C'est comme les ruines d'une civilisation depuis longtemps dévastée.

Connaissez-vous votre adresse ? La voix de Chantal répète cette question avec la même tendresse, reçoit toujours la même réponse, ou aucune, des regards étonnés, ça devient un mantra répété dans le vide.

Comment tu t'appelles ? Moi c'est Chantal.
Moi, Carmina.
Mais ton nom de travail ? Ce que tu dis aux clients ?
Carmina.

Je ne vous le souhaite jamais jamais jamais, dit Chantal de sa voix douce, mais parfois il peut y avoir des problèmes. Il faut savoir quelle adresse indiquer à la police.

45 rue des fougères
56 rue du champ de maïs

Vous savez où on se trouve ?
La sortie de l'autoroute puis à gauche.

C'est important d'avoir une adresse, dit Chantal. Parce qu'en cas d'agression, il faut que la police puisse vous retrouver. Puis au tribunal, l'avocat doit donner l'adresse où a eu lieu l'agression s'il y a un procès, répète Chantal même si elle sait que des procès, il y en a rarement.

14 chemin vicinal
6754378 rue du chantier abandonné

C'est quoi vos noms de travail ?
Natasha.

Vous savez où on se trouve ?
La sortie de l'autoroute puis à gauche.

Assia est l'ultime personne que vous voyez au cours de cette tournée.

Plus jamais, elle dit. C'est ma dernière nuit dans le coin, je retourne à Perrache. Ici c'est le trou du cul du monde, dit-elle en faisant une moue. Juste un paysan sympa du coin qui aurait pu devenir un client régulier. Il lui amenait des légumes de son jardin et lui parlait de sa femme décédée. La solitude, c'est ce qu'ils avaient en commun.

Le jour d'après

Maintenant c'est officiel, le Zahari de ta vie part faire la sienne dans les Alpes. Pour la saison d'hiver, précise-t-il, mais quand même. Ce soudain élan chez ton amoureux pour gagner de l'argent est déconcertant. Depuis le temps qu'il vivait sur ton dos, tu commençais à trouver ça normal. Mais c'est imminent, voire irréversible : tu le regardes s'éloigner dans la rue des Capucins avec ses deux valises en cuir des années cinquante et tu te demandes si toute ta vie n'est pas une comédie romantique un peu vieillotte. Tu pleures pendant une éternité dans les bras de Lili qui, dépassée par cette quantité de chagrin, décide de t'appliquer une crème de massage coréenne antistress sur les tempes. Rada Goranova, elle, est scandalisée qu'on puisse autant s'en faire pour un looser, ne serait-ce pas le bon moment pour le larguer ? ajoute-t-elle, optimiste. Ou au moins pour explorer le sexe ailleurs, nuance Lili dont les doigts se sont déplacés entre la racine de tes cheveux. C'est vrai, il t'avait proposé d'ouvrir vos interactions sexuelles à d'autres, jugeant que tu manquais si cruellement d'expérience, avoues-tu à Lili qui te tapote à présent le front avant de revenir caresser tes mèches par des va-et-vient dynamiques. Mais il voulait être au courant si cela arrivait, te remémores-tu à voix haute et tu fais une pause pour mieux savourer le massage. Tu avais demandé si cette proposition le concernait aussi, et il t'avait confirmé que oui, bien sûr, mais sans t'en faire part : ça ne sert à rien de te blesser, fronces-tu les sourcils car Lili s'approche trop de tes yeux. Tu n'étais pas sûre que cela te convienne, ni que tu serais blessée si tu apprenais la vérité, plisses-tu les lèvres à l'envers pour marquer une pause réflexive. Lui en revanche était catégorique et la discussion était close, car l'avis de Zahari ça représente tout pour toi, conclus-tu et Rada Goranova a envie de mourir, tellement vous la dégoûtez avec vos visions patriarcales étriquées.

À ce propos, tu fréquentes un camarade de fac qui s'appelle Philippe, ce qui en grec ancien veut dire *ami* et *cheval* à la fois, t'a précisé le Larousse des noms propres volé récemment dans la boutique Découvertes. En revanche, il ne dit rien sur ton nom à toi, mais tu sais bien qu'en grec contemporain il signifie *petite olive*. En bulgare, il veut dire petit sapin mais tu digresses, t'engueule Rada Goranova, comment est-il ce Philippe ? Faudrait tout de même savoir, c'est un mec ou un cheval ? ricane bêtement Lili au-dessus de tes tempes qui commencent à virer au rouge écarlate. Il est grand, beau, blond et français, humain et très chevaleresque en effet, ajoutes-tu en te donnant un air crédible pendant que tes copines rigolent de ton lexique démodé. Philippe fait des petits sourires amicaux en cours et un clin d'œil plein de bienveillance lors de la pause hier. Fonce,

fonce comme un cheval, petite olive, t'encourage Lili en montant sur tes épaules, et Quiche l'Assassin se met à aboyer d'enthousiasme.

*

Quelque temps après, tu lui retournes son clin d'œil et Philippe t'invite à boire un verre, dans un bar ou chez lui, comme tu le sens. Tu choisis un bar, mais c'est chez lui que se termine la soirée. Quand il ouvre la porte de son studio avec vue sur tout Lyon, une odeur très française t'accueille et c'est Philippe qui te donne la solution : le steak haché ! Il s'en est fait cuire un avant de sortir et il a oublié d'aérer. Tu remarques qu'il a aussi oublié de ranger à en juger par le sol de son studio où des chaussettes froissées cohabitent avec un trognon de pomme en voie de décomposition, un bol de yaourt desséché, un drap en boule et d'autres objets non identifiables. Une montagne de vaisselle dans l'évier te lance sur une nouvelle piste : quelle semaine a-t-il cuisiné son steak ? Tu n'as pas trop le temps de méditer là-dessus car Philippe te jette sur le tas de bordel et te fourre sa langue dominatrice dans la bouche. Puis il te demande si tu es d'accord pour que vous vous déshabilliez, tu es flattée par sa démarche pleine d'attention. Ta grand-mère francophile t'a toujours dit que les Français ont le chic côté politesse. Maintenant que Philippe est à poil sans avoir attendu ta réponse, tu constates que :

a) la francophilie de ta grand-mère ne s'applique pas toujours à la réalité ;
b) les statistiques de Rada Goranova sur l'anatomie des Français ne s'avèrent pas toujours fiable, non plus ;
c) Philippe est déjà à l'intérieur de toi et te déchire le ventre avec un membre inutilement gros, tout en te demandant si ça va, et tu t'apprêtes à faire semblant de prendre du plaisir.

Mais une grimace de douleur t'échappe et vient gâcher le petit intermède érotique, ou au contraire, elle en est peut-être l'accent suprême, son clou et sa cerise sur le gâteau, car Philippe se retire aussitôt et éjacule triomphalement sur ton visage. Oups, dit-il, c'était rapide tellement tu lui as plu et tu remarques qu'il a encore oublié de te demander la permission. Mais toujours aussi enthousiaste il te passe un mouchoir et tu comprends que tout s'est très bien passé. Vous pourriez même vous mater un film maintenant, il a le dernier Hong Sang-soo et c'est très Nouvelle Vague comme cinéma, est-ce que ça te dirait ? propose-t-il avec son attention légendaire. Tu passes dans la salle de bains où tu t'appliques à laver son offrande qui commençait à sécher sur tes joues en diffusant un goût pourri. Tu te demandes si ça va de soi ce genre de trucs en France. Au retour, Philippe a tout installé et te montre fièrement son gros projecteur qui est en fait celui de son père, chef op dans la pub et parfois pour des longs-métrages, dit Philippe avec un sentiment d'éternité.

Dans la nuit, tu n'arrives pas à t'endormir et c'est moins le ronflement dans tes oreilles qu'une question qui t'en empêche sans que tu arrives à la formuler. Quelque chose est resté en suspens. Au petit matin, alors que tu viens de trouver enfin un peu de repos, Philippe te secoue pour s'excuser : il n'aura pas le temps pour te faire un café parce qu'il attend des amis et doit faire le ménage.

Tu comprends qu'il est temps de partir et essayes d'identifier tes chaussettes parmi les nombreuses autres par terre. Il s'inquiète, tu vas bien ? Il te rappellera la semaine prochaine peut-être, serais-tu libre ? Tu lui dis oui bien sûr, parce que tu sais très bien faire semblant qu'il n'y a pas de problème. En vrai, tu te cherches déjà des prétextes pour décliner son invitation hypothétique. Dans la rue, tu marches sur le trottoir parfait et tu ne sais pas si tu te sens plus sale que stupide, et pourquoi. Est-ce que ça se serait passé autrement si tu n'avais pas été bulgare ? Aurait-il fallu s'en offusquer ? C'est ton silence, ton manque de réaction qui, ce matin, te plongent dans un sentiment de honte. Ceci dit, la soirée s'était déroulée normalement après ça, et Philippe avait adoré le film. Il pensait même qu'il le préférait à ceux de Godard tout compte fait. Toi tu avais détesté, mais ça n'avait rien à voir. Tu étais restée bouche bée devant toutes ces découvertes. Tu n'avais rien dit alors que tu aurais pu le lui faire remarquer, l'accuser peut-être pas, car, comme tu n'avais rien dit, il ne pouvait pas le savoir, il ne pouvait pas deviner que tu n'aimes pas les grosses bites et le goût de son sperme. Mais comme il ne t'avait pas prévenue, tu ne pouvais pas le savoir. Selon le Petit Larousse des expressions, ce genre de situation s'appelle un cul-de-sac. Selon Rada Goranova, ça s'appelle une agression sexuelle. Selon elle, tu aurais dû non seulement t'offusquer mais lui faire bouffer ses chaussettes sales une par une et lui écraser sa grosse bite avec le projecteur de son père. Tu aurais même dû lui demander de répéter après toi l'alphabet cyrillique dans le bon ordre et de te présenter des excuses en pur bulgare puis le dézinguer au premier défaut de prononciation.

Mais tu n'as rien dit et tu n'as rien fait.

Quelques heures plus tard, tu es toujours confuse face au soleil qui se couche de bonne heure et tu n'as aucune envie de faire pareil. Ce soir, Rada Goranova t'a exceptionnellement prêté sa chambre avec vue panoramique. Elle s'est installée sur le petit bureau à côté de toi, soi-disant pour finir une dissertation urgente, mais elle reste prostrée sur sa copie blanche et pour la première fois tu vois que ton amie peut être triste pour toi. Ce n'est pas si grave, essayes-tu de la rassurer. Des hirondelles surexcitées s'esclaffent avec joie au-dessus de ta tête et tu revois soudain le sourire triomphant de Philippe, l'homme-cheval au sommet de sa fierté.

Rada Goranova décide de lancer un gang de tueuses. Elle commence par renommer son groupe de parole qui s'appellera désormais Émasculation. De ton côté, tu t'appliques à une nouvelle compétence qui te paraît soudain bien plus pertinente que toutes les autres, mais aussi plus compliquée à réussir : arrêter de faire semblant.

Faut bien commencer quelque part.

Liste des objectifs 9

- ~~Faire semblant d'aller bien.~~
- ~~Faire semblant d'aimer la Nouvelle Vague.~~
- ~~Faire la bise et faire semblant que ça te convient.~~
- ~~Réussir en France.~~
- Arriver à faire le point.

Faster Pussycat öldürmek öldürmek

Le chauffeur klaxonne avec détermination pendant que Maria pousse des cris épouvantables et se tord sur la banquette arrière du taxi. Les voitures à l'arrêt semblent fondre dans l'asphalte brûlant, alors que ce n'est vraiment pas le moment. Dora serre les mains de son amie et donne des ordres en mélangeant toutes ses langues. *Vite komşu*, hurle-t-elle dans les oreilles du chauffeur. Et, pour que ça soit plus clair, tu t'y mets aussi. Lorsque Dora t'a téléphoné une heure plus tôt, tu n'as pas compris l'urgence, tu as même emporté ta mini-DV dans un élan d'enthousiasme – peut-être que tu pourrais enfin tourner ce remake de *Faster Pussycat Kill Kill* version turco-bulgare, car la Nouvelle Vague ça commence à bien faire. Depuis un mois, tu essayes de convaincre Dora de jouer le rôle principal, mais elle est trop occupée pour faire du bénévolat. Et cette fois, l'heure n'est pas à la fête non plus, dit-elle affolée en pur bulgare.

Le feu rouge qui s'éternise vous fait péter les plombs. Ce serait peut-être mieux d'appeler une ambulance vu la situation, lance le chauffeur, mais Dora le fusille du regard.

Tu en profites pour sortir ta caméra car l'immobilité c'est pire que tout. Tu règles la balance des blancs et te mets en automatique pour le point. Ça ne sert à rien de prendre des risques, déjà que ça bouge dans tous les sens, penses-tu en resserrant le cadre sur le chauffeur. Vous allez l'appeler comment ? lance-t-il, pour remplir le silence. Maria répond par un nouveau cri. Le film ? demandes-tu, enthousiaste. Maria reprend son souffle et répond qu'on l'appellera Saïd. Tu es surprise par cette réponse, ce prénom ne provenant d'aucune origine qui serait familière, et le chauffeur commente, amusé, que ça ne promet pas un avenir facile. Quand, au détour d'un virage, Maria perd les eaux, il jette un regard désespéré sur sa banquette, tout juste nettoyée à ses dires. Tu panotes vers Dora qui éponge avec sa veste.

Comment tu t'appelles toi ? demande Maria au chauffeur, qui fronce le sourcil, rictus au coin des lèvres. Il s'appelle David. Ta caméra revient sur lui. David. Voilà un prénom qui sonne bien, on l'appellera comme toi. On oublie les sièges trempés et les tympans en surchauffe, les yeux de David brillent dans le smog lyonnais.

Laisser une trace

À la fin de l'année, tout le monde avait compris que chez les Cinq Bulgares – car on comptait désormais Quiche l'Assassin comme une personne entière, depuis qu'on était devenues antispécistes, et Momo qui était en fait français – c'était l'endroit où on pouvait tout faire sans limites. Un vrai eldorado de la défonce de 200 m² au cœur des rues historiques de Croix-Paquet, te renseignes-tu dans une version plus contemporaine du *Petit Larousse du savoir-vivre*. Les canuts qui habitaient là autrefois se retourneraient dans leurs tombes s'ils voyaient à quoi ressemble aujourd'hui leur atelier de soierie lyonnaise. Dans la chambre de Lili, une trace de vin sur les murs, des restes du dernier apéro qui a mal tourné. Quand Rada Goranova l'avait traitée d'alcoolique, Lili avait balancé son verre de gros rouge sur le papier peint et il avait éclaté en mille morceaux qui s'étaient mis à scintiller dans l'obscurité. Puis elle avait claqué la porte et ça avait rendu Quiche agressif. Il avait mordu les fesses d'un petit punk qui n'y était pour rien et que d'ailleurs personne n'avait jamais vu avant.

Des gens venus des quatre coins de la région traînaient chez vous, dont vous ne connaissiez qu'une infime partie. Ils arrivaient par groupes dans des créneaux différents.

Le créneau du matin, vers 15 heures, quand Paf débarquait avec des inconnues et une bouteille de pastis.

Le créneau des activités, quand affluaient des personnes suffisamment sobres pour faire à manger.

Le créneau de l'après-midi, vers 19 heures, quand Chantal lançait des débats contre des abolitionnistes et d'autres réactionnaires.

Le créneau de la défonce, quand le voisin d'en haut amenait des spécialités de son boudoir.

Le créneau de la nuit, où Jérôme venait avec ses platines et des hordes de zombies extasiés.

Ces gens innombrables s'entassaient dans chaque pièce, parfois tu en trouvais même dans les placards, tout au long du couloir, ce qui offrait des ambiances variées. C'était très cinématographique, et tu te réjouissais de la disponibilité de ces figurants gratuits pour tes essais de tournage. Il y avait les fumeurs de joints qui préféraient l'alcôve dans la chambre de Rada Goranova transformée en bong géant. C'était une expérience inouïe – on pouvait avoir des hallucinations intéressantes sans même fumer. Il suffisait de s'asseoir en tailleur et de respirer profondément jusqu'à ce que tes poumons s'emplissent de la sagesse ancestrale. Ce stand rendait hommage à ton Rastaman et tu arrivais toujours à placer un magnétophone avec *Bob Marley Golden Hits* pour intensifier le voyage.

Le salon était le domaine de Jérôme, il mettait de l'électro et la pièce devenait un trampoline géant où la petite foule s'appliquait à massacrer ce qui restait de la vieille moquette marron que tout le monde détestait. Les choses s'étaient compliquées quand le squat en face avait été définitivement expulsé par les flics à coups de gaz lacrymo, matraques et chiens méchants. Votre appartement avait dû servir de refuge à tous ces syndicalistes bisexuels de la CNT et leurs bergers allemands qui ne s'entendaient pas toujours avec Quiche. Paf s'était alors installé dans ta chambre qui s'était couverte de tracts politiques, de cassettes piratées, en plus de sa vieille batterie trouée. Il manquait la partie basse de ta porte, bousillée dans un accès de colère contre Zahari qui était devenu lui un tout petit pixel dans ta vie, et tu as décidé

a) de ne plus jamais exercer de la violence, même envers ta porte ;
b) que la relation avec Zahari s'approchait du game over.

Enfin, les couples n'existaient plus depuis que Lili avait élaboré un manifeste sur les unions libres que tout le monde avait photocopié. Par conséquent, diverses cérémonies tantriques se tenaient dans sa chambre à toute heure de la semaine, week-end compris.

C'est lors d'une de ces soirées mythiques que tu avais brûlé le *Petit Larousse du savoir-vivre* dans l'évier de la cuisine. Tu n'en avais plus besoin. Il circulait déjà tout un tas de légendes sur les Cinq Bulgares de la rue des Capucins. De toute évidence, le nouveau savoir-vivre en France c'était vous. Tu pensais avoir réussi au moins un de tes objectifs en France : y laisser une trace. Bien qu'éphémère.

Les crocodiles de l'Est

Dora est en train de peler un concombre desséché légèrement jauni par l'oubli. Tu as fait de la récup avec Paf au marché ce matin, et tu as direct filé chez Dora. Il y a une semaine à l'association tu l'as vue fourrer dans sa poche une soupe en sachet et tu as compris que la situation s'était compliquée pour elle. La récente loi de pénalisation des clients a fait fuir les derniers qui lui restaient. Déjà qu'elle n'en avait plus que deux pour braver encore les rondes de la police : un jeune homme désespéré qui prenait Dora pour sa mère, ou pour sa psy, elle n'était pas sûre, puis Didier, un papi qui l'amenait à la brasserie du quartier et, parfois, en week-end. En préparant un délicieux tarator avec elle, tu médites sur la possibilité qu'on t'arrête pour proxénétisme à cause de ce concombre desséché.

Dora pèle, et tout de suite après colle les épluchures sur sa peau. Ça hydrate et ça rajeunit, dit-elle en prenant une pose de mannequin. Tu es étonnée qu'un concombre pourri puisse avoir autant de vertus. Mais tu sais aussi que ta grand-mère faisait pareil dans ton enfance communiste : elle apportait dans ta chambre des épluchures de concombre et te conseillait de te les appliquer sur la figure, même si tu étais encore très très jeune et toute fraîche. Tu les collais depuis le front jusqu'au menton et ta tête faisait peur au chat Leonardo qui se cachait aussitôt derrière la commode. Maintenant que les joues de Dora sont vertes de peaux de concombre, tu te dis que certaines sagesses se racontent dans toutes les familles. Tu lui demandes si tu peux tourner un plan-portrait, comme elle n'est pas vraiment à visage découvert, presque entièrement incognito. Elle rigole et dit *ok mais rapide*, parce qu'il faut finir ce plat avant de mourir d'anémie, Dora essaye de rester immobile pendant que tu fais le point, puis t'engueule parce que tu traînes. Ta mère aurait fait pareil mais elle n'est pas là. Je suis toute verte, on dirait un crocodile, dit Dora qui profite du temps mort pour brancher sa lampe moins irradiante en plein jour. Ce n'est plus les filles mais les crocodiles de l'Est, dit-elle alors qu'une épluchure se décolle de son nez. On est bon, tu confirmes, mais Dora veut d'abord réparer sa peau de reptile. Elle fixe la caméra avec son regard ancestral et ça te fout les jetons. Ça dure trente secondes mais voilà qu'elle éternue, et toutes les épluchures se détachent à leur tour, mettant fin à son anonymat.

Coupez, dit Dora.

Jamais tu ne l'aurais rencontrée en Bulgarie.

Le placard des images oubliées

Puisque toucher avec les doigts, respirer trop fort, se promener dans Paris sans l'avoir déclaré au préalable sont désormais des actions peu souhaitables voire interdites, tu passes ta vie à explorer les murs de ton F2, tu l'arpentes depuis la chambre jusqu'à la cuisine en faisant des squats. Tout ça en préparant un entretien à la préfecture car tu as décidé de te faire « naturaliser » depuis que la Bulgarie est entrée dans le top trois de mortalité causée par la Covid-19. Tu as soigneusement constitué et envoyé ton dossier, ce qui t'a pris un confinement et demi, et maintenant tu regardes un tuto YouTube intitulé « Les 100 questions de la préfecture lors d'un entretien de naturalisation ». La première et la plus importante – Qu'est-ce que la liberté ? – apparaît un peu comme une facétie au vu du contexte sanitaro-policier de ces derniers temps. Une voix de robot énumère les questions et leurs réponses et tu hésites à tout plaquer pour te refaire la saison de *Star Trek* où apparaissent les Borgs. Il est aussi question d'apprendre par cœur tous les présidents de la Ve République, dans le bon ordre, les bios de quelques rois, toutes les embrouilles de la Révolution française et des milliers d'autres trucs. *We are the Borg, you will be assimilated.*

Un matin, alors que tu tentes de faire le poirier pour changer, tout en révisant les principes de la République, la sonnerie de ton téléphone retentit. Dans cette position, tu peux difficilement décrocher sans que l'équilibre soit rompu. Tu réussis à attraper tant bien que mal le portable. Numéro inconnu, c'est probablement Bouygues ou la formation professionnelle, tant pis, étant donné ta vie depuis un mois, tu te contentes de peu :

— Allô ? Madame Gueorrorgirueva ?

— Oui, réponds-tu, en restant la tête à l'envers pour plus de résonance dans la voix.

— Vous avez déposé une demande de naturalisation ?

— Oui, dis-tu, en t'écroulant d'un coup par terre.

— Ce n'était pas la peine, vous êtes déjà française, dit la dame avec un ton plein d'enthousiasme, et un court moment tu te demandes si tu ne devrais pas chanter *La Marseillaise* tout de suite.

Dans ta tête ce n'est plus un poirier mais des saltos les bras croisés. Pourtant, après réflexion, tu réponds :

— Il doit s'agir d'une erreur.

Une erreur de calcul, voire un malentendu républicain, car en 2012 la préfecture avait ajourné ta demande pour deux ans. On t'avait expliqué, avec une amabilité suspecte, que malgré tes tentatives de faire du cinéma, *ceux du ministère de l'Intérieur* ne voyaient pas comment tu pourrais être *utile à la société.*

— Pourtant vous êtes bien Gueorrogoeva Elitza ?
— Oui
— Née à Sofia ?
— Oui
— En quelle année ?

Et voilà, tu savais que le bonheur n'est qu'une construction bourgeoise, éphémère et illusoire, c'est ta grand-mère communiste qui te le répétait, alors que l'engagement dans le Parti, ça c'est pour la vie, te murmurait encore sa voix sur un fond de marche militaire dans ta tête.

En fait, il s'agit d'une autre personne. Une homonyme qui, le temps d'un bug administratif, s'est faufilée dans ton identité et perturbe tout ton plan d'action. Toi par contre tu es toujours bulgare, et pour ta demande c'est pas gagné. Il faudrait encore remplir le formulaire qui manque et l'envoyer par la poste dans la journée, c'est tout ce que je peux faire, dit la Dame de la Préfecture, avec une voix qui redevient sévère, sans quoi votre demande risque d'être classée sans suite, conclut-elle visiblement satisfaite avant de raccrocher.

Épuisée par ces émotions contradictoires advenues en si peu de temps, tu reprends ta respiration, imprimes le foutu formulaire, puis tu t'y mets.

Énumérez vos domiciles en France et à l'étranger

Vingt ans de locations, on est sur un gros tas de domiciles. Heureusement Google Maps existe, tu zoomes incrédule à la recherche de tes rues oubliées. Et si tu te rappelles bien celle des Capucins où tu as vécu le plus longtemps, tu as oublié le numéro exact. Tu choisis l'option Calques et tu te retrouves face à un océan de pixels flous à cause de ta mauvaise connexion. Une belle cartographie de la mémoire, songes-tu, partiale, et difforme comme dans ta tête. Tu y plonges.

Mais le monde que tu retrouves aux confins des pixels ressemble peu à celui que tu as connu vingt ans plus tôt. La rue sombre et mal fréquentée jouit maintenant de lampadaires immaculés et de nouveaux commerces. Des *barber shops* ou des bars à huîtres laissent imaginer un environnement prospère et très bourgeois. Aucune trace des squats épiques, des punks à chiens, de l'épicerie arabe Le Bon Accueil. Après plusieurs clics dans tous les sens, tu retrouves une vieille porte qui, elle, est restée intacte, sauf quelques nouveaux tags mais tu la reconnais immédiatement, ainsi que le numéro peint en bleu : 15. Ton ventre se contracte, comme si derrière cette porte existait une réalité parallèle que toi seule pourrais percevoir. Tu notes le numéro dans le formulaire mais tu prolonges le voyage numérique, plutôt rassurant en cette période de confinement. Tu glisses avec la souris de l'ordinateur pour voir le contrechamp et devines un parking à en juger par le capot d'une voiture derrière des portes en métal. Une bouteille lancée par Paf tombe du ciel et défonce le pare-brise de la voiture. Image mentale d'une fête lointaine. Après vos années de cohabitation intense, la bande des Cinq Bulgares s'était dispersée et tu avais perdu leurs coordonnées. Rada Goranova avait déménagé à Montréal, d'abord *pour voir*, mais elle y est restée. Une fois elle t'a envoyé une carte postale de là-bas et une photo de chez vous, rue des Capucins. Sur le dos il y était marqué :

C'était grave le bordel mais quand j'y pense,
c'était mes années les plus tarées :-) xoxo.

Le jour où tu partais pour t'installer à Paris, Lili t'avait appelée en suffoquant : Paf était mort dans un squat. Ils avaient passé la soirée ensemble à un concert, puis avaient pris pas mal de trucs, mais Paf était comme d'habitude. Un peu sonné peut-être, il s'était couché au milieu de la nuit, dans l'appartement de Lili, en banlieue lyonnaise. Le lendemain matin son visage était figé dans une grimace terrifiante. On ne pouvait pas tout comprendre, Lili terminait ses phrases en sanglots. C'était la première fois que tu prenais conscience que les gens pouvaient disparaître. Et Paf, il n'était plus là. Lili t'avait assuré que cela ne servait à rien de rater ton train pour l'enterrement et qu'il aurait détesté qu'on le voie comme ça. Mais comment comprendre sans voir ? Ça sera pas plus clair, je t'assure.

Paf était resté fidèle à sa maxime selon laquelle il n'y a pas de vieux punks ni de vieilles putes, les vrais meurent avant, disait-il. Il avait 23 ans. Ton âge à l'époque. Tu ne te rappelles plus ta réaction. Tu t'étais sans doute enfermée dans ta chambre et avais mis à fond les Bérus, peut-être avais-tu pleuré. Mais probablement, tu étais restée longtemps en état de choc. Tu te souviens juste d'avoir ramassé tes affaires et quitté Lyon, en pensant à son sourire moqueur.

Dans le champ Recherche de Google Maps tu écris *Gare de Perrache*. Ton tout dernier arrêt à Lyon, cette ville où dès l'arrivée on a envie de mourir, dirait Rada Goranova. Tu avances dans les rues autour de la gare et tu revois tes nuits de bénévolat à l'association, cette sacrée Fondation des capotes comme l'appelait Oui-Oui-Chéri. En suivant la flèche, tu accélères, les images s'enchaînent et coulent entre tes doigts. Avenue Leclerc, tu fonces à contresens, à la recherche de traces des femmes bulgares qui y travaillaient. Une autre ville semble remplacer celle que tu as connue. Des immeubles aux baies vitrées futuristes ont succédé aux terrains vagues. Était-ce bien là ? Les arrêts pour partager un café. Les récits des femmes, leurs rires, leurs plaintes. Parfois un parking abandonné t'oriente dans cette errance numérique, puis tu te reperds. Avenue Berthelot, c'est pas loin, mais aucune trace des travailleuses du sexe qui y passaient leurs jours et leurs nuits. Deux captures prises à des moments différents laissent entrevoir une silhouette qui apparaît puis disparaît au clic suivant. Ça devient de plus en plus morbide mais tu t'obstines à traquer tes fantômes. Tu tournes avec la souris, comme pour regarder à droite avant de traverser. Une personne avec une jupe en velours, une doudoune courte et des cheveux ras regarde l'objectif, son visage est flouté. La photo date d'octobre 2019.

Tu t'arrêtes dessus, quelque chose te trouble. Sans doute l'étrangeté de ces images satellitaires, des photos sans photographe, des silhouettes anonymes. Que regardes-tu ? La ville actuelle ou une trace, mais de quoi, de qui ? Une représentation du monde où l'humain n'existe d'aucun côté de l'objectif, sinon par accident : l'humain perturberait trop le paysage. Et si c'était le seul témoignage de la présence de ces femmes ici ? Si peu. Un accident. Des pixels qui se détériorent à cause d'une mauvaise connexion.

Deux ans après votre rencontre, Dora avait été expulsée après un contrôle de police. Tu n'avais plus jamais eu de ses nouvelles. Tu gardais en souvenir cette autre Bulgarie qu'elle t'avait racontée, et aussi sa manière de s'accrocher aux situations les plus incongrues, les plus violentes, avec comme seul moyen de défense son ironie et ses expressions fleuries. Tu ne savais pas bien comment parler à cette femme, si différente de toi, et pourtant si proche par moments.

Tu te souviens l'avoir filmée lors d'une brève séance de réalisation et tu repenses aujourd'hui à cette seule image qui te reste d'elle, un peu moins floue peut-être, quoique. Pourtant, ce n'était pas pour archiver que tu cherchais tant à faire son portrait. Plutôt parce qu'elle était de celles qu'on ne montre pas. De celles qu'on évite de voir. De celles qui ne se sentent jamais à leur place. Parce que dans ton pays, tu n'avais jamais parlé à une Turque bulgare ni à une prostituée. C'était ta façon d'ouvrir un espace rien qu'à vous, un espace où vous pourriez vous regarder. Un espace où vos regards auraient le droit d'exister.

Tu te lèves et tu te mets à fouiller dans le placard des choses oubliées. Une boîte s'effondre du haut de ta montagne cachée, tes cheveux sont pleins de poussière. Tu en déterres une autre qui porte l'inscription *Montages*. Ta vieille mini-DV gît dans une pochette à bulles, tu la sors et la branches à ton ordinateur, puis introduis la cassette.

Dora entre dans le champ, s'assoit sur le lit face caméra et pose son petit sac à main. Elle allume la lampe de chevet et de jolies ombres orange apparaissent sur le mur, la pièce plonge dans une lumière féerique. On entend une voix sourde qui parle en turc, on a l'impression qu'elle sort de la lampe. Dora lui répond parfois, mais reste surtout silencieuse et continue de regarder l'objectif. Puis elle sort un pistolet et vise la caméra. Dans un faux contrechamp, on voit une fenêtre s'ouvrir sous la pression du vent, et les feuilles des fougères affluent de l'extérieur et s'impriment sur les reflets de la lampe. On entend le vent, les feuilles, puis un coup de feu.

Ailleurs. En très gros plan, l'index d'un homme qui tremble, son index d'abord, puis l'homme tout entier. Le cadre s'élargit pour faire entrer le paysage et sa silhouette. L'angoisse se lit sur son visage. Il est presque nu, il a l'air misérable. Une vieille femme lui attrape le doigt tendu, perce l'extrémité de sa phalange avec le bout d'un bâton d'encens puis l'allume. Ça brûle d'un coup, l'homme émet un léger gémissement de peur, mais la flamme s'éteint juste avant d'atteindre la peau. La femme enlève le bâton d'encens et une fumée s'élève de l'index de l'inconnu. *C'est la mauvaise énergie qui s'en va*, lui dit-elle en turc sous-titré. En contrechamp la télé diffuse un reportage de guerre, quelque part au milieu d'une plaine désertique. On revoit la femme, qui dépose une petite graine sur le trou que le bâton d'encens a laissé, au milieu du doigt. Et, de dos, l'homme repart en boitant.

Dans sa chambre, Dora est toujours assise sur le lit. Elle tient une feuille A4, regard caméra. Après une pause, elle se met à lire :

- La passe express
- La passe qui réveille des horreurs enfouies
- La passe qui fait mal au cul
- La passe où on a le temps de faire sa liste de courses
- La passe où l'on écoute les états d'âme (ou la passe psy)
- La très rare passe où l'on bande aussi
- La passe qui fout l'herpès
- La passe malaisante
- La passe violente
- La passe cultivante (le client est un scientifique)
- La passe « panne d'érection » (la meilleure ou la pire)
- La passe malodorante
- La passe trop parfumée
- La passe après-travail
- La passe matinale
- La passe interrompue par un contrôle de police.

Dora nous regarde en face. Puis se lève, éteint la lampe et sort du champ.

Merci (dans l'ordre alphabétique) à mes chères Carine Chichkowsky, Aliona Gloukhova, Emil Gueorguiev, Jeanne Guyon, Svetla Kamenova, Eugénie Michel-Villette, Yves Pagès, Anne Pauly, Lola Peuch, pour vos écoutes, relectures, soutien, et surtout pour votre présence si précieuse durant cette aventure.

Composition : Entrelignes (64)
Achevé d'imprimer
par CPI Firmin-Didot
à Mesnil-sur-l'Estrée, en novembre 2023
Dépôt légal : novembre 2023
Numéro d'imprimeur : 177503

ISBN : 978-2-07-304893-6/Imprimé en France

619892

JOURNAL
D'UNE PÉTASSE
BIODÉGRADABLE

Anne-Charlotte Laugier

JOURNAL D'UNE PÉTASSE BIODÉGRADABLE

pop'littérature

RAMSAY

JOURNAL D'UNE PÉTASSE BIODÉGRADABLE
Première édition

Préambule

Comment je m'appelle ? Ça ne vous regarde pas. Qui je suis ? Je ne suis pas celle que vous croyez. Une pétasse ? C'est écrit dessus. Mais pas n'importe laquelle. Moi, je n'ai qu'une qualité : j'aime me faire détester. Alors je fais tourner les hommes en bourrique, je rends les femmes jalouses et je ne supporte pas qu'on trouve ma fille ado plus jeune que moi.

Mon mec ? Malgré son fauteuil roulant, c'est le brillant team manager d'une écurie de course auto et le seul au monde capable de m'accepter comme je suis : libre, de mauvaise foi, un brin égoïste, un poil mégalo, un rien parano. Car il sait que derrière cette posture j'ai quelques failles. Et lui seul a le droit de les connaitre et de les accepter.

Ma meilleure copine Soso se doute aussi que je ne suis pas toujours une tigresse indomptable, mais elle fait semblant de ne pas le savoir.

Pour tous les autres, je suis une hyper urbaine totalement matérialiste et superficielle. Pour le moment.

Quand la Pétasse prend un court sucré

La cafète. Rien que ce nom. La cafète. L'antre maudit que l'on retrouve dans toutes les boites de la terre. Le truc qui respire le médiocre, le radin qui vient s'y nourrir. Le truc qui attire tous ceux qui font leurs courses avec leurs Tickets-restaurant et se ramènent un petit plat à réchauffer au micro-ondes. Le truc que je fuis, évidemment.

Dans ma boite à moi, comme dans toutes les autres, la cafète est blindée de monde à 13 h. Mais qu'est-ce qui m'a pris d'aller pousser cette porte justement à cette heure-là pour me prendre un café, au milieu des cohortes de stagiaires et des troupeaux d'assistantes en train de bavasser sur la dernière série qu'ils ont regardée sans la comprendre ? Fallait-il que j'aie besoin de ce café !? Il faut dire que depuis ce matin, impossible d'émerger. Comment ça, j'ai plus 20 ans ? Comment ça, j'arrive plus à récupérer de mes bamboches comme avant ? C'est pas une question d'âge, mais de qualité d'alcool d'abord. Et celui que ma copine Soso m'a servi hier soir, même au fin fond du Goulag, ils auraient préféré des coups de fouet plutôt que d'en boire. Soso, justement. Pourvu qu'elle ne me voie pas à la cafète avec la piétaille. J'ai mon rang à tenir, merde. Celui de la peste la plus snob du 4e étage. Celle pour qui une table n'est plus fréquentable si un cadre plus moyen que moi y a déjeuné une fois dans sa vie.

Mais voilà que je me fraye un chemin au milieu du populo pour filer droit vers mon court sucré. Évidemment, je n'ai pas le début de la moindre monnaie pour me l'offrir. Et pas un ou une pour me filer la pièce. Je me retourne, je les regarde, mais personne ne bouge. Jusqu'à ce que j'entende le traditionnel « *schgling-schling* » caractéristique des 50 centimes qui tombent dans l'escarcelle. « *Je suis sûre que tu prends un court sucré. Mais tu devrais pas boire cette saloperie chlorée* ». Mais c'est qui celle-là ? Non seulement elle me tutoie, mais en plus elle m'explique ce que je dois avaler. Alors je toise la gonflée. Elle est pas si gonflée que ça d'ailleurs, et plutôt bien foutue. Avec des yeux qui ne me lâchent pas, et une espèce de frange noire comme je n'en ai jamais vu ! D'ailleurs celle qui porte cette étrange coiffure, je ne l'ai jamais vue non plus.

Sauf que je la déteste d'emblée. Car on ne me parle pas comme ça. On ne me parle pas du tout, d'ailleurs, quand je ne connais pas, quand je ne l'ai pas décidé. Ou alors juste pour acquiescer, en mode « je suis ravie de vous offrir ce café tant mérité ». Et elle, fière de me dépanner, elle me donne des leçons. « *Le chlore, c'est mon secret beauté ma chère* », lui réponds-je en attrapant mon gobelet. Vous croyez que ça la calme, la Louise Brooks de la cafète ? « *Il y a un âge où il convient de préserver sa peau* » qu'elle me fait. Et là, alors que d'habitude, j'aurais déversé mon court-sucré sur la tête du présomptueux qui aurait émis la moitié de ce qu'elle vient de me balancer, je ne sais pas ce qui m'a pris : j'ai fui. Direction la porte, en fendant la foule de subalternes médusés. Mais elle ne lâche pas l'affaire. « *Pour quelqu'un qui a des années de café au compteur, tu as une jolie peau.* » Je ne la calcule pas, évidemment.

Enfin sortie de l'arène, j'appelle Soso illico. C'est ma sœur, ma conscience ou mon inconscience, selon les jours, les heures, le degré d'alcoolémie, la situation amoureuse et financière de l'une ou de l'autre. « *Réunion de crise* ». Le lieu de ces réu est toujours le même : les toilettes des femmes du 4ᵉ, l'étage où on bosse, elle et moi. Et pendant qu'on y discute, à chaque coup dur, gossips de collègues, ou projets professionnels qu'on ne tiendra jamais, c'est pareil : personne ne rentre. Y en a qui ont essayé, elles changent d'étage depuis trois ans, tous les jours pour faire pipi et nous éviter. Je lui décris la pimbêche. « *Ah, mais oui, c'est Sidonie, la nouvelle. Un canon. Si ça t'intéresse, elle est lesbienne. Mais attention, c'est elle qui drague.* » Non seulement ça ne m'intéresse pas, mais en plus, comment se fait-il que Soso soit au parfum, et qu'elle ne m'ait pas parlé avant de ce phénomène ? Et la voilà qui prend son air grave, celui qu'elle se chope pour annoncer la mort du hamster de la fille de l'accueil, ou la rupture du mec des services généraux avec la comptable. Un truc ultra-grave quoi. « *Écoute, tu ne l'as peut-être pas remarqué, mais depuis quelque temps, tu es moins concernée par nos histoires. C'est vrai, depuis que tu t'es remise en couple, tu n'en as plus que pour Gabriel, votre nouvelle déco, vos vacances, vos projets. Le reste passe un peu à l'as* ».

Elle m'a séché la Soso. Moi qui fonce toujours sans douter, imperturbable, qui me crois dingue comme à 20 ans, voilà que je me mets à gamberger, là, dans les toilettes du 4ᵉ, en face d'elle, qui est déjà en train de regretter ce qu'elle vient de me balancer. J'en bafouille. « *T'es, t'es sure ? Je deviens une rombière alors ?* » Elle se trémousse et tricote des jambes. Je la connais par cœur dans ces cas-là : elle va cracher le morceau. « *C'est pas ça. Mais depuis que tu as rencontré ton team manager pilote handicapé riche et beau gosse, disons que tu es plus portée sur le canapé-cheminée, que sur le Mojito-Salsa* ». OK, j'ai pigé. J'attrape mon tél et envoie un message à Gabriel. « *Ne m'attends pas ce soir mon chéri. Je rentrerai tard, je vais me mettre sur le toit avec Soso. Biz* ».

Quand la Pétasse a mal aux cheveux

On est nombreux dans ma tête ce matin. Sous mon crâne, c'est un peu le taux de fréquentation de Woodstock, en moins calme, mais pas en moins boueux.

Dire que la soirée avec Soso fut arrosée serait un poil trop minimal. C'était l'un de ces tête-à-tête avec ordre du jour précis, où tu procèdes étape par étape. Car il faut passer en revue tout ce que tu as loupé depuis la précédente entrevue. Et elle avait raison Soso, ça faisait un bon mois qu'on n'avait pas refait les collègues, les mecs, les nanas, la vie qui va ou ne va pas. Enfin les choses essentielles en ce monde, quoi. Et forcément, quand on touche au vital, c'est fatal : on écluse.

Mais si ce matin j'ai oublié la moitié des scoops qu'elle m'a révélée, je me souviens en revanche de la réponse de Gabriel à mon SMS d'hier soir. Et si je m'en rappelle, c'est bien parce qu'il est conservé dans mon téléphone. Une réponse cinglante, l'air de rien. « *Je suis ravi de savoir à quoi tu occupes ta soirée. Quant à la mienne, elle se passe comme la veille et l'avant-veille dans mon motor-home à Cardiff, au rallye du Pays de Galles. Comme je te l'ai dit et répété.* » Merde, j'avais oublié qu'il n'était pas là de la semaine. Même dans ma brume matinale, je n'ai pu m'empêcher de me demander comment j'ai pu oublier. Comment ai-je pu zapper ces huit jours d'absence alors qu'il y a quelques mois encore, j'exigeais qu'il m'appelle lorsqu'il allait acheter un boulon au coin de rue ? Inquiétant tout ça. Mais c'est pas le moment de faire le point sur ma situation amoureuse, la corporelle est plus urgente. Y a un minimum de boulot avant d'aller au boulot. Et comme il n'est pas question que je ne finisse pas sur le podium des bombasses du bureau, je m'active.

Une heure plus tard, c'est pas la cadrette quadra qui traverse le hall d'accueil, mais Sophia Loren qui glisse sur les marches de Cannes. Et encore, la Sophia, elle n'avait pas la gueule de bois en faisant ses mimiques devant les flashs. Je file direct vers le bureau de Soso, histoire d'avoir un résumé de ce que j'ai oublié de notre soirée. Elle me coupe illico. « *Elle est là, à son bureau, deux rangs devant nous* ». Je me demande de qui elle me parle, évidemment. Mais je ne sais pas pourquoi, certains de mes congénères ont des yeux à la place des omoplates, ou des oreilles capables de détecter le clic d'un stylo quatre couleurs à des kilomètres. C'est son cas. Elle se retourne et me décoche un sourire à faire fondre le dernier iceberg dont le réchauffement climatique n'aurait pas eu la peau. C'est Louise Brooks évidemment. Elle se lève et file droit sur moi, avec une espèce de gobelet en bambou à la main. « *Tiens, c'est pour toi. C'est du Matcha, un thé vert japonais. C'est bon, et c'est surtout beaucoup beaucoup plus sain que ton court sucré. Tu en as besoin.* » Je me fous bien évidemment de son machin matcha japonais et ne retiens que ce « *tu en as besoin* » qu'elle vient de m'envoyer à la mâchoire, la petite peste. Mais déjà, la voilà qui retourne à son bureau en agitant son magnifique petit cul de 25 berges. « *Toi tu as un ticket monstrueux* » me glisse cette hyène de Soso.

Avoir la terre entière à mes pieds, si tant est que la terre soit du genre masculin, ça me va. C'est même mon but dans la vie. En revanche, me faire courtiser par miss monde, c'est pas ma came. Et quand de surcroit la pimbêche est du genre bio-quinoa, c'est encore moins ma tasse de thé (ou de matcha). C'est simple, elle me donne envie de m'envoyer un cassoulet. Ce que je fais de ce pas, aux Délices de Castelnaudary, le bistroquet en face du bureau qui suinte le bon gras. Rien de tel pour éloigner le mal de tête qui me tenaille les tempes depuis le réveil. J'y suis en compagnie de l'inévitable Soso, évidemment, et de son stagiaire, beau comme un jeune premier, et con comme un jeune premier aussi. Je prends le Royal, celui avec du cochon ET du confit d'oie. Thème du déjeuner, les conjoints et les enfants. Soso n'en a pas (d'enfants j'entends), pas plus que le prépubère estampillé école de commerce qu'elle chaperonne. Quant au conjoint, son idylle se déroule sur un parterre de roses étant donné qu'il lui passe tout et le reste : ses sorties impromptues, ses amants d'un soir et ses colères d'un matin. Quant au jeune premier, il nous regarde avec de tels yeux de mérou, que son appétit pour n'importe laquelle d'entre nous deux prouve, s'il l'eût fallu, que sa vie sexuelle est à peu près aussi agitée qu'un cimetière en dehors de la Toussaint.

C'est donc à moi d'exposer mes vagues à l'âme, mes malheurs (qui le sont pour moi seul) et mon couple qui n'en est plus à ses balbutiements. « Ça fait deux ans qu'on est ensemble avec Gabriel, et j'ai l'impression que la flamme vacille ». Je les vois bien les deux autres, ahuris par tant de légèreté. Ils aimeraient bien me raisonner, m'expliquer que « non, mais tu comprends, la routine, c'est pas maintenant, ça n'arrive qu'au bout de 7 ans ». D'abord, le jeune premier n'a pas à moufter, tandis que Soso, elle est plutôt mal placée pour me juger. En guise d'explication, je leur lâche une remarque définitive : « je m'ennuie sec ».

Quand la Pétasse n'aime pas ma bière tiède

Le bureau c'est bien, les copines aussi, et même les Louise Brooks bio-vegan-locavores. Car n'oublions jamais qu'une admiratrice d'où qu'elle sorte, et, quelles que soient ses intentions, est toujours une admiratrice, et qu'une pétasse déteste qu'on la déteste, même si elle n'aime que les garçons et les fraises thaïlandaises venues spécialement en avion (et en business).

Reste qu'à un moment, il s'agit de regagner ses pénates. Et les miennes viennent d'accueillir mon rallyman de retour de sa campagne galloise. « *Scratchs sur scratchs, et deux au général* ». Pour celles et ceux qui n'ont pas le dico sport auto – français sous la main, ça signifie que la voiture a remporté plusieurs victoires d'étapes, qu'elle a fini sur le podium et que Gabriel est content. Il m'accueille avec cette bonne nouvelle et une bouteille de champagne qu'il a ramenée d'Angleterre. Dans ces cas-là, mon fauteuil roulant préféré me prend sur ses genoux et m'emmène faire le tour de la maison en driftant. « *Je t'ai préparé un diner anglais. Et tu vas voir, c'est moins épouvantable que dans la légende* ». Soit.

Et c'est vrai que son très bourratif *welsh rarebit* est parfaitement comestible. Évidemment, Gabriel risque moins de finir sur le podium de Top Chef que sur celui d'une course de bagnoles sur glace, mais son application mêlée à la bière *pale ale* qui arrose le tout, a réussi à rendre le diner fort acceptable. Mais je ne sais pas ce qu'il se passe. Il me raconte sa semaine de rallye, avec moult anecdotes cocasses, comme il sait si bien le faire, mais je l'écoute à moitié. À quoi je pense ? À rien, strictement à rien. En fait, je n'ose même pas m'avouer que je n'attends qu'une chose : que le diner s'achève, que je puisse me lever, que je puisse prendre un bouquin, qu'une copine m'appelle pour papoter, que je puisse regarder une série ou que je puisse me coucher. Merde. Je m'ennuie.

Rien que de réaliser que je m'ennuie me gâche l'ensemble de la soirée. Car voilà que pour la première fois depuis ce jour où j'ai dénoncé ma meilleure amie à l'instit pour qu'elle soit punie à ma place, j'ai des remords. Je vois Gabriel s'activer, débarrasser, tenter de me distraire et c'est pire encore. Je culpabilise, je m'en veux. Je ne dis rien, j'essaie de sourire. Jusqu'à ce qu'il me lâche la question qui tue. « Je te prépare un déca comme d'habitude ? » Et plus que le déca lavasse, c'est le « comme d'habitude ? » qui m'a fait exploser. Et plus encore que le « comme d'habitude ? », c'est le fait qu'au moment même où il me pose cette putain de question, je passe devant la grande glace du salon, celle dans laquelle je me regarde tous les matins, et me trouve plutôt pas mal. Et là, à ce moment précis, j'y ai vu le reflet d'une vieille, plus très coiffée, plus très maquillée, et enfoncée dans une polaire trop grande, avec tous les sponsors de Gabriel imprimés en rouge sur un fond bleu. Et là, à ce moment précis, j'ai lâché les fauves.

« Mais bordel, pour qui tu me prends ? Je bois jamais de déca. Je mange jamais de welsh machin avec de la bière tiède. Et je ne supporte pas les polaires. À l'heure qu'il est, je devrais pas être avec un vieux qui a des goûts de vieux et des habitudes de vieux. Je devrais être en train de rigoler dans un bar avec mes copines. Et d'ailleurs j'y vais ». J'ai balancé ma polaire sponsorisée, attrapé mon manteau griffé et je suis sortie. Sans même un regard pour Gabriel.

Quand la Pétasse trouve les routiers sympas

Mais qu'est-ce qu'elle peut bien faire là ? Qu'est-ce qu'une pauvre fille, coiffée comme une brosse de toilettage canin après une longue journée peut bien faire dehors, toute seule, un lundi soir de novembre, à 23 h ? La pauvre fille, c'est moi et je suis dans ma voiture. Le téléphone vibre en continu, entre les SMS, les messages Whatsapp, Messenger, Insta et les signaux de fumée que m'envoie Gabriel qui est loin d'être handicapé du pouce.

Moi je roule. Je suis partie. Pourquoi ? Pas la moindre idée. Je n'ai strictement aucune raison de lui en vouloir. Il est attentionné, sexy, amoureux, intelligent (plus que moi) et généreux (beaucoup plus que moi). C'est bien le problème : non seulement je me suis sauvée comme une malpropre, mais en plus je culpabilise. Imagine le tableau : une pauvre chose en chiffon qui roule dans la nuit, avec sa rogne noire dont elle ne sait même pas d'où elle sort. Et qui, comble de tout, n'a personne sur qui se lâcher, personne sur qui abattre sa colère.

Alors je chiale comme une gamine en écoutant une vieille chanson de Véronique Sanson. Le truc qu'écoutent toutes les filles du monde qui ont un chagrin d'amour. Mais j'ai même pas de chagrin d'amour. Juste un ennui de ma vie parfaite, une lassitude de confort, un léger dégout du lisse. Alors je coupe la Véronique et je hurle. Et ça va un peu mieux.

Je fais quoi maintenant ? Je vais pas rentrer tout de suite quand même. Je vais pas m'excuser tout de même. Ce serait pas moi. Et on ne se change pas le sang en une petite heure. Alors je m'arrête devant le premier bar venu. Comme avant, quand je faisais n'importe quoi. Voilà, c'est ça, c'est ce qui me manque, ce qui me frustre, ce qui m'a fait fuir ce soir : je ne fais plus jamais n'importe quoi.

J'ai de la chance : le bar est bien glauque comme il faut. C'est un relais routier en fin de service. Trois types bedonnants trainent au comptoir en attendant de s'en aller s'affaler dans la couchette de leur cabine. Derrière son comptoir, le patron, ou le serveur qui se prend pour le patron, essuie ses verres et voudraient bien baisser le rideau et ses paupières. Glauque on vous dit. Avec une vieille odeur de frites cuites dans de l'huile de vidange. Ambiance. Je m'approche du comptoir, accompagnée de quatre paires d'yeux en guise de tapis rouge. Le coupe-gorge, où tu n'as plus qu'à faire le décompte des secondes qu'il te reste avant que l'un d'entre eux ne te lâche un truc graveleux.

Ça ne rate pas. Le compte à rebours est terminé et l'un des routiers s'adresse à moi. « *Comme le disait Confucius : une femme perdue dans la nuit et c'est toute l'humanité qui se perd dans les ténèbres. Installez-vous madame, René va vous servir quelque chose de chaud.* » Je suis à peu près aussi sonnée que mon téléphone qui vient d'abdiquer, la batterie à plat après 187 messages de Gabriel. Mais René a reçu le message. « *J'ai un petit Earl Grey dont vous me direz des nouvelles. Vous n'êtes pas perdue au moins ?* » Moi qui cherchais l'aventure ultime dans un monde hostile, me voilà entourée de types charmants, malgré leurs

Marcel béants. Les voilà qui s'inquiètent pour moi, qui me demandent où je compte dormir et me rechargent mon téléphone. Tiens, un message de Soso. Je savais qu'elle dinait avec un type qu'elle a rencontré au bureau et je ne voulais pas la déranger. Tant pis, je la rappelle. « Je suis super inquiète. Gabriel vient de m'appeler, il n'a aucune nouvelle ». Je la rassure. « Je vais rentrer, t'inquiète, c'est rien. Je te raconterai demain ». Je finis mon Earl Grey offert par mes routiers charmants et reprends ma voiture.

En arrivant devant chez moi, je vois l'ombre de Gabriel et de son fauteuil qui font le tour du salon. Il est inquiet. Moi aussi. Je suis inquiète de mon propre ennui, de mes propres réactions, de mes impulsions, de ma putain de nature qui consiste à refuser la belle vie dont j'ai moi-même rêvé.

Il est malin, le team manager. Pas l'ombre d'un reproche ni de flagornerie excessive. Quand je franchis le seuil, Gabriel fait comme si de rien n'était. Il finit de débarrasser la table, de ranger ses bricoles et me lance d'un air totalement détaché, *« il est temps d'aller se coucher. On a eu une grosse journée »*. Le temps d'un arrêt au stand — salle de bain, je m'allonge à côté de lui. Je n'ai toujours rien dit, rien raconté, ni de ma sortie de route, ni de mon heure d'absence, ni de ce qui m'a pris. Il sait parfaitement de quoi il retourne. Il a compris ce qu'il m'arrivait. Il ne s'attend à rien. Il sait qu'il peut me perdre ou me retrouver. Alors il m'ouvre ses bras et je m'y réfugie. Je pleure dans ses bras. Sur lui. Sur moi. Sur nous. Sur le temps qui file. Sur la routine criminelle.

Quand la Pétasse découvre les graines de courge de Tasmanie

C'est bon de pleurer. Ça me soulage et ça m'endort. J'ai dormi comme jamais cette nuit. Et ce matin, je galope. Je suis la première au boulot. Même la fille de l'accueil est en train de déballer ses affaires quand je passe devant elle en trombe, alors qu'à l'accoutumée, quand j'arrive, elle s'apprête à partir déjeuner.

Ce matin, je n'ai pas envie de voir qui que ce soit. Alors, l'open space désert me va. Et je fais un truc aussi rare que l'arrivée à l'aube : je bosse. Le dossier Dujenou qui exige calme, pondération et sollicitude pour une énième campagne marketing ? Expédié en 30 minutes. Pareil pour la reco Dugommier, et un réajustement de la campagne Trucmuche : je délivre, je disperse. Quelqu'un passe ? Me sollicite ? Je réponds d'un vague « *b'jour* » et je replonge dans mon ordi. Il est déjà midi et j'ai pas levé le nez. Jusqu'à cette main sur mon épaule.

Normalement, c'est un truc qui devrait me faire sauter au plafond. C'est un truc qui me hérisse. Surtout que cette main est celle de Louise Brooks. Mais son geste me calme, alors que j'ai rembarré la moitié de l'entreprise depuis mon arrivée, sentir sa main sur mon épaule m'a adouci les grognements. Je ne sais absolument pas pourquoi, mais aujourd'hui, c'est exactement de ce geste que j'avais besoin.

Alors, quand elle me parle en riant de « *ce petit resto — concept — boutique qui vient d'ouvrir et qui a l'air topissime et qu'on devrait y déjeuner toutes les deux d'ici une heure, d'accord ?* » Je lui réponds machinalement « d'accord ».

Faut situer le concept de ce concept. En fait, l'idée tient du bonzaï. C'est un local de 4 m2, dans lequel sont alignés de gros cylindres en plastique transparents remplis de graines. En bas de ces cylindres, des becs verseurs permettent de se servir. Trois tables attendent les clients et derrière un vague comptoir, un type barbu, bonnet sur la tête, accueille son petit monde. Je m'inquiète. « C'est quoi ces graines ? » Louise Brooks me fait l'article. « C'est super bon. Y a du quinoa, des graines de courges de Tasmanie et du Sésame du haut Karrabaq. On se sert, et Boris rajoute la sauce de ton choix ». Je suppose que Boris c'est le barbu et que pour avoir sa dose de granulés, il faut lui demander une assiette ? « *Oui, elles sont en bambou et aujourd'hui, c'est sauce chanvre-soja au plat du jour* ». OK pour le chanvre, le bonnet et le quinoa. « *Qu'est-ce que tu bois avec ça ?* » me tutoie Boris. « *J'ai un excellent lait de riz aux maracujas* ». Top-là, le riz et le Maracuya, j'ai toujours rêvé de ça.

On s'assoit elle et moi. Enfin, on se glisse sur les deux tabourets libres au bout de la petite table bondée. Le repas ? Innommable. Louise Brooks ? Charmante. Je ne sais pas comment elle s'y est prise, mais au bout de cinq minutes, elle m'a laissé parler. Je lui ai tout raconté, mon ennui, Gabriel, ma vie qui tourne en rond. Tout. Et pendant que je lui parlais, elle me regardait et ne disait rien. Et ce regard n'entrait pas dans mes codes. Je connaissais celui des copines, complice ou désapprobateur ; celui des garçons, concupiscents ou amoureux, mais pas celui-là. Le regard de Louise, qui s'appelle Irène en vrai, c'est autre chose, un truc inconnu, une espèce de mélange de ceux que je connaissais déjà. Un regard qui m'a fait m'exposer comme jamais. Et m'a fait avaler une assiette entière de quinoa arrosé au lait de riz.

Quand la Pétasse prend le leadership dans le brainstorming

« *Qu'est-ce que t'as ? T'es toute bizarre* ». Elle a raison Soso. Depuis que je suis rentrée au bureau, je survole l'open space. Les autres ne sont que cholestérol. L'enfer c'est le mauvais gras et ils l'incarnent. Je les vois ventripotents et dégoulinants. Quand j'arrive en réunion, je lance un « *salut les suintants* » qui a au moins un mérite : celui de stopper net toutes les conversations inutiles et d'attirer tous les regards vitreux des participants vers moi.

« *Bon, on n'est pas là pour trier les déchets, malheureusement, mais pour faire avancer le dossier Vaurien&Fils. Une idée ?* » J'anime, je distribue la parole, j'interromps et je tranche. Un truc que je ne fais jamais en réu, trop appliquée à shopper sur mon ordi. Mais aujourd'hui je suis une autre. « *Sidonie, oui, je sens que tu essaies de nous dire un truc* ». Sidonie, c'est la courge du contrôle de gestion : elle lève son stylo depuis une heure bien haut pour essayer d'en caser une. « *Oui, je voulais dire que la campagne de street marketing prévue par Irène, qui n'est d'ailleurs pas venue à cette réunion et je tiens à le signaler, est beaucoup trop chère. Le return of invest est beaucoup trop faible* ».

Moi qui étais zen jusqu'à cette minute, je sens monter en moi comme une intense chaleur. L'une de celle qui te transforme le Dalaï-Lama en Hannibal Lecter. L'une de celle qui va me pousser à défenestrer la Sidonie.

La peur des Assises l'emportant, je me contente de l'humilier. « Si les gestionnaires s'occupaient d'innovation, de marketing et de communication, on serait toujours en train de se trainer par les cheveux au fond d'une caverne. Et sans avoir inventé le feu. Bon, on la démarre quand cette formidable campagne de street ? ».

Sidonie mâchouille son stylo, avant de remballer son ordi, son col Claudine et ses idées sombres. « Moi en tout cas, je fais mon rapport à la direction qui tranchera », lâche-t-elle en quittant la pièce. « Si le projet est annulé, c'est moi qui te trancherait ». Non, évidemment, je ne lui dis pas. Mais je le pense tellement fort que son dernier regard en sortant est pour moi. Son départ siffle, du coup, la fin de la réu et le début d'une nouvelle ère : celle de la queen du management bienveillant et durable.

Quand la Pétasse part en guerre contre l'injustice

« *Tu as déconné, là* ». Ma chancelière, première ministre et conseillère spéciale Soso me tombe évidemment sur le râble juste après la réu. « Non seulement tu te mets tous les financiers à dos, mais en plus, c'est à toi qu'on va confier la supervision du dossier et tu ne sais même pas de quoi il cause. Bref, tu vas récolter un maximum de boulot et une tonne d'emmerdements. Je ne te reconnais plus ».

Moi non plus, en fait. Qu'est-ce qui m'arrive ? Je n'ai pas supporté qu'on s'en prenne à Louise Brooks, je ne supporte pas plus la simple vision d'une choucroute et tous ces gens qui passent leur temps à acheter des fringues qu'ils ne mettront qu'une fois me révulsent. Soso, cette hyène, prétexte un rendez-vous avec une autre copine que moi et me plante là.

Ma vie de bureau est donc devenue un sport de combat en un seul après-midi. Alors je décide de me retirer moi aussi, en attendant de revenir, plus vite, plus haute et plus forte. Avant ce retour gagnant, mon départ se fait plutôt en mode perdant par la petite porte et par l'ascenseur.

En descendant, je marque quand même un arrêt avant la sortie. Au quatrième, l'étage d'Irène. Elle est assise devant son ordi. Je l'aperçois de l'arrière. Sa tête est légèrement penchée. Sa nuque et son épaule sont dégagées. Une bretelle noire de son soutien-gorge noire dépasse de son haut en maille. C'est charmant. Je m'arrête et la regarde. Je ne m'approche pas. Je me ravise. Au bout de quelques secondes, je fais demi-tour et je reprends l'ascenseur vers la sortie.

Quand la Pétasse se découvre des bourrelets pas très bio

« Bon, on va peut-être retourner au boulot ». Irène m'a dit ça après un de ses silences. Ça non plus, c'est un truc que je ne connaissais pas chez les filles. En général, mes copines et moi, on se coupe la parole tout le temps. On cause, on meuble chaque silence, même pour dire n'importe quoi. Elle se tait, et me regarde.

Mais elle a raison, faut retourner au charbon. Dans l'ascenseur, elle me toise. « Tu vois, même les lesbiennes peuvent être de bonne compagnie ». Et elle me plante là. « J'ai rendez-vous à la DRH. À plus tard ». Comment ça, à plus tard ? Pour qui elle me prend celle-là ? Ça m'intéresse pas les filles. Je suis une gonzesse qui aime les mecs, et les plats mijotés, pas les filles et le quinoa.

Je me ressaisis et tombe sur Soso qui, pour une fois, est à son bureau. « Je suis en train de me taper un pot de Nutella anti-déprime, t'en veux ». Rien que la couleur de la pâte maronnasse me révulse. « Tu plaisantes ? C'est bourré d'huile de palme ». Et je plante ma Soso qui affiche un air de stupéfaction pire que Neil Armstrong lorsqu'il a posé ses moonboots sur la lune. Elle a peut-être un peu raison Louise Brooks. Sur certains points seulement, attention. Mais je me dis que, si elle est gaulée comme une déesse, c'est que les graines, ça a du bon. Je passe donc par le bureau des vérifications : les toilettes et leurs grands miroirs.

« Mais c'est quoi ces bourrelets ? Ils y étaient pas hier ». Je ne garde pas ça pour moi : je le hurle à qui veut l'entendre. Du coup, les portes s'ouvrent et les copines sortent de leurs petits coins en nuée pour des « mais non, t'es une brindille » ou des plus consolants pour une pétasse comme moi : « mais non. Regarde, moi, depuis ma grossesse j'ai dix kilos à revendre ». Alors je tiens conférence de presse dans les toilettes pour leur expliquer la vie. « Mesdames, on ne peut pas continuer ainsi. Le café, c'est fini, le cassoulet s'est terminé. À partir de maintenant, on doit se prendre en main et manger mieux. Pour vieillir bien, il faut vieillir sain ». Et voilà que la stagiaire de 20 ans et de 46 kg ose lever la main : « moi aussi ? ». Dix paires d'yeux de quadras la fusillent au point que la pauvrette s'esquive en silence. « À partir d'aujourd'hui, je vous veux en ordre de marche. On boycotte la cafète immonde, on mange propre, bio et on zappe le couscous. Rompez ».

Avant de rentrer chez moi, petit coup de fil à Gabriel. « Jette tes plats anglais. Pour ce soir, c'est moi qui fais les courses ». Je ne lui ai pas dit « rompez », mais il n'a pas moufté.

Quand la Pétasse est déçue du poireau bio

Y en a qui rêvent de gambader sur la planète Mars dans vingt ans, moi je fais mieux : je marche dans les allées d'une Biocoop ce matin.

Après avoir vidé placards et frigo, convaincu Gabriel que sa bouée autour de la taille n'était pas destinée à l'empêcher de se noyer, mais le résultat de trop d'années de gluten, calories et de bière *Pale Ale*, je suis partie faire les courses et remettre la maison sur la bonne voie, et si possible, une voie bio.

Dès le rayon fruits et légumes, j'avise un charmant jeune homme à barbe et bonnet, et quand je lui demande s'il a des maracujas, il n'hésite pas. S'il y a bien un truc que je déteste *« Tu ne peux pas manger ça. Ici, on est locavore. T'imagine le bilan carbone des fruits exotiques ? En revanche, j'ai de magnifiques poireaux qui n'ont même pas fait trois kilomètres depuis la terre où ils ont poussé »*. S'il y a bien un truc que je déteste, à part les leggings, c'est les poireaux. Pas grave, je ne peux pas refuser une botte à un type beau comme un dieu qui me tutoie d'emblée et me tends ses légumes verdâtres et terreux comme s'il m'offrait des fleurs. Je les glisse dans mon panier en osier, le plastique étant interdit de séjour dans ce temple, et file vers le rayon boulangerie d'où le gluten est banni.

C'est là que j'entends, derrière moi, mon éphèbe discutant avec une rombière. Elle est au moins quinqua, et cache ses cheveux gris sous une espèce de turban rose pâle. « *Tu ne vas pas passer à côté de ces magnifiques poireaux* ». Il la tutoie aussi la Simone de Beauvoir de supermarché bio. Comme il doit tutoyer toutes les femmes qui entrent dans son antre. Tout ça pour leur fourguer ses saloperies de poireaux. Tu parles d'un début de divine idylle. Alors je rebrousse chemin, je lui colle ma botte dans les mains et me tire. « *Tu ne veux pas quelques navets bleus de la ZAD, plutôt ?* » Je ne l'entends plus. « *Signe au moins ma pétition pour dire non à la déchetterie* ». Je claque la porte en bois et démarre ma bagnole. Je ne bouge pas et la laisse tourner, à froid, devant le magasin, histoire de lui montrer de quels effluves je me chauffe. Et en attendant d'avoir bien enfumé mon épicier vert, je fais mes courses au *drive*, sur mon téléphone. Tous les fruits exotiques y passent, surtout les plus éloignés. J'y rajoute quelques plats cuisinés et, tiens pourquoi pas, des ampoules très haute tension. Je n'en ai aucun besoin, mais ça lui apprendra à la planète et au bonnet barbu.

Évidemment, quand je rentre à la maison avec mes cartons, Gabriel me suit des yeux depuis son bureau. Mes va-et-vient énervés l'intriguent et le voilà qui rapplique. « *J'ai bien réfléchi à ce que tu m'as dit ce matin et tu as raison. Faut vraiment qu'on fasse plus attention à notre hygiène de vie. Pas envie d'attraper une maladie cardio-vasculaire* ». Toujours bien à cran, je me tourne vers lui en nous décapsulant une bière chacun. « *À midi, je nous fais réchauffer un aligot-saucisse surgelé au micro-ondes* ».

Quand la Pétasse se tire ailleurs

« *C'était un peu lourd, non ?* ». Gabriel quitte la table dès le diner achevé. « *Y a des jours comme ça, vaut mieux être en fauteuil. Je me sens un poil ballonné là* ». Je le vois qui tournicote autour du salon et autour du pot, tout en allers-retours retors. Je débarrasse et il tourne toujours. Avant de s'arrêter et de me barrer le passage vers la cuisine. « *Écoute, je sens que ça va pas. Depuis quelques jours, t'es bizarre. Tu claques la porte sans raison, puis tu reviens. Tu te mets à manger bio et puis plus rien. Qu'est-ce qui t'arrive ? On dirait que tu t'ennuies ? C'est ça ? Tu veux prendre des vacances ? Tu veux partir quelques jours seule ?* »

Devant sa pluie de questions, j'ai même pas le temps de placer une seule réponse. Alors je lance un « *oui* » général, un « *oui* » à tout. « *Ce n'est pas contre toi. C'est ma vie à moi. Mon insatisfaction permanente de jamais contente. Et tu as raison, quelques jours au vert me feront du bien* ». Et je l'embrasse. Et je saute sur ses genoux. « *Fais-moi faire un tour en fauteuil avec tes drifts de coin de table, comme avant* ». Après le gymkhana, je me relève et je pleure, comme une conne. Je pleure sur lui, sur moi.

Je pleure comme si ma vie appartenait au passé. Et puis je prépare une valise. « *Tu vas aller où ?* » J'en sais rien du tout, j'ai bouclé mes affaires par pur réflexe, pour me donner une contenance. « *Je verrais ça demain matin, allons dormir* ».

Le lendemain, je suis la première debout. Un café et je suis dehors. Il fait à peine jour. Évidemment je lui ai laissé un mot dans la cuisine. Je suis une pétasse, pas une salope. « *Je file, je te dirais où je me cache, ne t'inquiète pas. Je t'aime (si, si).* » Je suis assise au volant et ça va un peu mieux. Que faire ? Je décide de repasser au bureau, en coup de vent, histoire de signifier que je n'y suis pour personne avant la semaine prochaine. Le faire par mail ? Évidemment j'y ai pensé, mais en tant que grande responsable internationale de ce projet pharaonique qui implique au moins deux personnes à tiers-temps, ça la ficherait mal une désertion par écrit. À l'accueil, personne, et dans l'ascenseur pas plus. J'appuie sur le 5 et ce récalcitrant s'arrête au 4. Une rébellion ou un intrus qui veut voyager avec moi ? La porte s'ouvre et Irène apparait. « *Mais qu'est-ce que tu fais là ? T'es tombée du lit ? Ça va pas ? T'as du boulot en retard ?* » Mais pourquoi la terre entière me balance des rafales de questions en ce moment ? Alors je lui réponds comme j'ai répondu à Gabriel : « *oui* ». Et en lui lançant ce « *oui* », je m'aperçois que ma réponse n'a aucun sens. Elle aussi s'en aperçoit. « *OK, direction la cafète. Et je t'autorise même un court sucré* ».

Je touille mon café immonde et Louise Brooks m'écoute, me regarde et ne dit rien. Moi je déballe mon rien, mon questionnement sur un malaise que j'ignore, mon ennui qui sort de nulle part. Ce rien dure longtemps, car au fur et à mesure que je détaille ces derniers jours passés, les collègues commencent à débarquer, ce qui a le don de m'agacer. Irène aussi s'en agace et coupe court. « *Écoute, j'ai une maison de famille à la campagne. Ou plutôt, une cabane dans les bois, au bout de nulle part. Prends les clés et vas-y. Je t'y rejoins demain, le temps d'avancer sur ce putain de dossier qui est validé grâce à toi. File, j'expliquerai aux autres que tu dois partir en province chez le client* ». Je dis à nouveau « *oui* », le mot de la décade et je repars vers l'ascenseur avec elle. Elle s'arrête au quatrième, pose sa main sur mon épaule, murmure « *tu verras, ce sera bien* » et va rejoindre son bureau. Je ne sais pas si ce sera bien, mais en tous cas, je vais déjà mieux.

Quand la Pétasse découvre qu'il y a une vie après le périph

« T'avance, pécore ? ». Trois quarts d'heure que je me coltine cette camionnette blanche. Trois quarts d'heure que je ne vois que son autocollant « les légumes, j'assume » scotché sur son hayon rouillé. Impossible de le dépasser, la route n'est pas plus large que ma porte de toilettes et les virages sont plus serrés que mon café de ce matin. Voilà trois heures que je roule vers le nulle part qu'Irène m'a indiqué. C'est pas une maison de famille son truc, c'est le continent disparu, l'endroit que tout le monde cherche et que personne n'a jamais trouvé. Tous les GPS se sont cassé les pixels dessus et moi, avec ma vieille carte topographique sur les genoux, je devrais dégoter le lieu mystérieux toute seule.

Un carrefour entre deux lacets de montagne ? C'est à droite, forcément, puisque selon mon doigt qui court sur le trait de la carte chiffonnée, le lieu-dit « Les Trimardelles » c'est par là. Par là où personne ne va jamais. Sauf ma camionnette blanche. Il va me précéder jusqu'au bout du monde et je le suis toujours, au bout de ma vie. D'autant que l'asphalte s'efface. Une gomme magique l'a remplacé par une piste de terre, puis un chemin tellement vert, que les herbes sont en train de nettoyer les dessous de ma bagnole. Et voilà que la camionnette s'arrête. Un type gigantesque en descend. Le géant est jeune. C'est une montagne barbue habillée, si l'on peut désigner ainsi son accoutrement, d'une espèce de robe de bure passée sur un jean qui n'a de bleu qu'un souvenir encore plus lointain que sa dernière lessive.

Il vient vers moi. Si j'ai peur ? Pourquoi aurais-je la frousse au milieu de nulle part alors que la nuit tombe et qu'un colosse s'amène vers moi ? Je ferme toutes les portières en tremblant et en fouillant ma boite à gants. Peut-être va-t-il croire que je vais en tirer un 357 Magnum ? Ça vaut le coup d'essayer. Évidemment, les vitres sont fermées. Je le vois articuler, mais je n'entends rien. Je baisse la fenêtre d'un demi-millimètre. « Bienvenue aux Trimardelles hurle-t-il ».

Je baisse ma vitre un peu plus, et je découvre un sourire qui fend la poire de monsieur bonnet d'une oreille à l'autre. « Vous devez être la copine d'Irène ; ça fait une heure que j'ai deviné que c'était vous. Dès que je vous ai aperçu dans mon rétro en fait ». Je m'apprête à lui dire que je ne suis pas sa copine, mais une collègue de boulot, mais il enchaîne. « Je suis son frère, et la description qu'il a faite de vous est carrément exacte. Descendez, je vais prendre votre sac ». J'ouvre, je m'exécute et me retrouve plantée dans le sol. Ce n'est pas de la boue par terre, mais des sables mouvants ou mes talons s'enfoncent inexorablement. Le bonnet, ça le fait marrer. « Je vais vous chercher des bottes, sinon vos chaussures vont rester sur place et vous rentrerez dans la maison pieds nus. Au fait, je m'appelle Baptiste. »

Je le vois revenir une minute plus tard avec des bottes en caoutchouc en taille 45 qui devraient coller à mon 37 fillette. Le temps de sombrer dedans et me voilà tentant d'arriver jusqu'au perron à raison d'un mètre à la minute en essayant de ne pas les perdre et en tenant à bout de bras mes chaussures à fond rouge que même si elles sont de contrebande, je n'abandonnerai pas à la boue campagnarde. Il est toujours mort de rire, mais m'ouvre la porte en grand, en me passant une paire de charentaises au joli imprimé bleu façon Burberry's.

Dans l'antre, le feu de cheminée crépite et un canapé m'aspire direct. Il enlève son bonnet et je découvre un type plutôt normal et plutôt pas mal si on prend la peine de gommer l'effet fringues informes. « Elle a du goût ma frangine finalement. Vous êtes bien mieux que toutes les copines qui ont défilé ici. Je comprends qu'elle déboule demain matin. Elle m'a dit qu'elle avait pris deux jours de congés. J'ai trouvé ça gonflé alors qu'elle vient de rentrer dans cette boite ». Je m'étouffe avec l'infusion d'orties qu'il vient de me servir, mais il est déjà reparti à ses petites affaires.

C'est excellent les orties. Bon, en tisane, c'est pas exactement ça, mais je pense que bien appliqué en masque, c'est très bon pour la peau. Moi, en tout cas, je commence à me laisser fondre sur le canapé, avec mon bol de tisane. Je m'y incruste et profite du feu de bois de la cheminée. C'est que je commence à m'y faire à l'ambiance *roots*. Le frangin d'Irène est plutôt du genre sympa, ma chambre, qu'il m'a fait visiter, est plutôt du genre nid douillet et moi je suis plutôt du genre conquise.

Mais c'est toujours pareil. Il suffit que je me détende pour qu'une ortie se glisse dans le potage. En fait d'ortie, c'est une gigasse rousse qui déboule dans le salon en hurlant. « *Rutabaga s'est perdu* ». Je pense immédiatement à un mot de passe secret, un truc ordonnant une évacuation immédiate et je cherche mentalement à repérer mes petites affaires pour sortir en courant. Mais Baptiste intervient. « *Ne t'inquiète pas, il va revenir. Ce chien se perd à peu près tous les jours.* » En se tournant vers moi, il me présente à la furie. « *Voilà Darjeeling qui passe un mois avec nous avec son chien, tu l'auras compris* ». Que le chien s'appelle Rutabaga, passe encore, même si quatre syllabes c'est deux de trop selon moi pour un pauvre clebs qui n'en mérite pas tant, et que j'aurais vite fait de l'appeler « Ruta ». En revanche, comment ses parents ont-ils eu la présence d'esprit d'appeler leur fille Darjeeling ? Heureusement qu'ils n'étaient pas en train de s'envoyer une Vodka Vyborowa au moment de choisir le prénom du bébé. Devant mon air ahuri, bonnet m'explique. « *En fait, Darjee s'appelait Boris. Mais elle a décidé de se dégénérer.* » OK OK, moi ce qu'en j'en dis, et tant que tout le monde est d'accord, chacun est libre de s'appeler Boris ou thé Lipton et de raser sous les bras ou pas.

Mais Darjee a déjà filé en hurlant le nom de son labrador genré ou pas dans les landes alentour. Et tout ça ne me dit pas ce que cette hyène d'Irène a derrière la tête. Elle ne m'a absolument pas parlé de son absence du bureau et surtout du fait qu'elle veut passer trois jours ici. Avec moi en somme. Cette affaire sent plus le traquenard que le thé indien. Va falloir qu'on s'explique tous les deux. « *Elle vient quand ta sœur au fait ?* » Baptiste n'a même pas besoin de me répondre : les phares d'une voiture traversent les vitres dans la nuit qui vient de tomber.

Quand la Pétasse fait le tour du proprio en godillots

Avant qu'elle n'apparaisse, Irène est précédée d'un énorme sac qui valdingue au centre de la pièce. « *Je t'ai pris des fringues un peu plus raccord avec cet endroit que les tiennes. Ce sera moins glamour, mais au moins tu auras chaud. Ça va sinon ? Le frangin t'a pas posé trop de questions ?* » Les questions, c'est plutôt moi qui m'en pose. En commençant par me demander ce qu'elle fait là, dans la grotte qu'elle m'a trouvée pour que je puisse cogiter seule à mon triste sort et à mon profond ennui. Devant mon air ahuri, elle a compris. « *Je me suis dit qu'on pouvait bosser ici tranquillement toutes les deux pendant trois jours. Du coup, c'est pas des vacances, c'est du télétravail, nuance. Allez viens, change-toi, et je te fais faire le tour de la propriété. Je suis sûre que ce frileux de Baptiste t'a seulement fait visiter la maison.* » Elle me tend une chemise à carreaux, un pull, un bonnet, un pantalon avec des poches partout et une infâme paire de godillots. C'est le genre de trucs que mon dressing n'a jamais vu, même de loin.

Quant à les passer, pas question, même si c'est Brad Pitt qui me le demandait en m'expliquant que ça me rend sexy. C'est pas Brad Pitt qui me tend les frusques, mais Louise Brooks, en me disant « *Je crois que c'est ta taille, j'ai l'œil pour ça et je t'ai bien regardé* ». Et moi, je prends les fringues, sans rien dire. Et je file dans ma chambre, sans rien dire. Et je me déguise en bouseuse, sans rien dire. Et les fringues sont exactement à ma taille.

« *Tu vois, je te l'avais dit. J'ai l'œil du couturier* ». Elle est dans l'encadrement de la porte et le temps que je me retourne, elle est déjà repartie. Je la rejoins dans le salon et je trouve qu'elle a raison. En plus, la glace que je croise est d'accord avec moi. Du coup, je ne pense même pas à l'enguirlander, alors qu'elle n'avait strictement rien à faire dans ma chambre.

« *C'est parti ?* » C'est parti. Nous voilà dans la lande et ses brouillards comme deux sœurs Brontë de contrebande. Elle a ses bottes de sept lieux et gambade dans les hautes herbes comme un chamois, pendant que je me traine avec mes chaussures de trois tonnes en y voyant que pouic. Elle fait deux pas et s'arrête pour m'attendre pendant dix très longues minutes. « *C'est ici que je me baladais quand j'étais petite, à la même heure, juste avant la tombée de la nuit. J'adorais ce spectacle. Ado aussi, je venais ici. Mais pour un autre spectacle* ». Moi, bêtement, je lui demande lequel, évidemment. C'était la question à pas poser. La question qu'elle attendait. « *Je venais me cacher avec la voisine. Enfin la plus proche voisine d'ici, à 4 km. On se réfugiait dans la petite cabane là-bas. Tu viens ? On y va ?* ». Je ne sais pas si c'est moi, ou si j'ai des absences parfois, mais en tous cas, je la suis sans broncher, sans la moindre arrière-pensée.

Elle ouvre une vieille porte que personne n'a jamais pensé à fermer à clé. À l'intérieur, on ne voit pas grand-chose, mais on distingue un canapé défoncé avec ses vieux coussins humides. « C'est là qu'on s'embrassait, avec la voisine. Ça a duré deux ans, puis elle a rencontré un gars du village. Il avait une belle bagnole, moi un vélo. Elle a pu le présenter à sa famille, moi pas. Aujourd'hui, elle a deux enfants de lui ». Elle dit ça sans la moindre tristesse. Et même sur un ton espiègle. C'est quand elle m'a dit *« viens t'asseoir à côté de moi »* que j'ai compris. Je me suis traitée de conne. Et je me suis assise.

Quand la Pétasse se souvient de la soupe de Tata Suzanne

Ça fait quoi ? C'est ce que tout le monde doit se demander. Ça fait quoi de se retrouver dans une cabane froide et perdue, avec de la flotte qui coule entre les tuiles, avec une fille ouvertement lesbienne qui ne pense qu'à une seule chose : fourrer sa langue dans votre bouche ? Que les amatrices (et teurs) de *gossips* se rassurent : Irène sait se tenir et je ne suis pas une poupée qui ne sait pas dire non.

On a parlé de tout, de rien, du boulot, de la vie, de l'ennui, de nous quoi. On a eu froid, on a ri, on s'est interrogés et on est reparti vers la maison, bonnes copines.

C'est tout ? Mais oui, c'est tout. Entre adultes intelligents on se comprend et on se respecte et on respecte nos penchants quels qu'ils soient, bande de lubriques.

« *Je suis sûre que Baptiste et Darjee nous ont préparé une bonne soupe des légumes du jardin.* » Une soupe ? Je ne sais même plus de quand date la dernière que j'ai avalée. Sûrement pendant mes vacances mortelles de la Toussaint chez tata Suzanne quand j'avais douze ans. Mais peut-être est-ce à cause de ce froid humide, mais elle me fait envie sa soupe de légumes. Et pour une entrée, ça fera parfaitement l'affaire.

Sauf que ce n'est pas une entrée, enfin, pas tout à fait. Top chef Baptiste nous explique dès qu'on a poussé la porte. « *Après la soupe de courges, on a des graines d'amarante et de sarrasin.* » Pardon ? « *Mais oui, tu vas adorer, c'est un régime macrobiotique, le même que celui des moines zen, basé sur le yin et le yang des aliments* ». Ah OK. Si les jumeaux yin et yang et tout le clergé japonais est d'accord, j'ai plus qu'à m'y plier. Mais bon, sait-on jamais, je reprends quand même deux fois de la soupe en contemplant un ange qui passe et qui ressemble à tata Suzanne. Et voilà que les graines apparaissent. Voyant mon désarroi, Darjee se précipite. « *Je vais te préparer ton mélange. Surtout n'assaisonne pas, ça coupe direct les bienfaits* ». Comme je ne saurais troubler la digestion shaolin, j'acquiesce comme un bon disciple du temple zen de Engakuji. Cherchez-pas, c'est à Kamakura. En sortant de Tokyo, suffit de prendre la route du sud, c'est là.

Quand tout le monde est aligné devant son bol de graines, Darjee, intronisée grande prêtresse de la cause macro-bio m'explique. Il faut bien mâcher avant d'avaler, sinon ça te fait des aigreurs d'estomac ». Sympa. « La tradition zen veut qu'on mâche sa bouchée 7 fois avant d'avaler ». Suffit de compter quoi. À ce moment-là, autour de cette table où quatre personnes sont réunies, s'installe un silence terrible, seulement ponctué de 7 « *scrontch scrontch* » masticatoires en cadence. Mais oui, eurêka, j'ai compris. Si tout le monde mâche en même temps, il est possible de discuter entre deux bouchées. Certes, la discussion est plutôt courte. Mais après 87 « *scrontch scrontch* », tout le monde a l'air rassasié.

« *Je suis crevée moi* ». Il doit être 21 h 15 à tout casser, et Irène vient de donner le signal du couvre-feu. Pour le coup de gnole final et les truffes au chocolat, on repassera. En même temps j'avoue que la ballade des sœurs Brontë, la soupe de courges et la mastication de graines m'ont un peu sonné. Alors je prends mes frusques et mes claques pour me diriger vers ma chambre. En arrivant dans l'encadrement, je sens la main d'Irène dans mon dos. Je me tourne vers elle et elle m'embrasse. Sur la bouche.

Quand la Pétasse goûte un nouveau baiser

En rester comme deux ronds de flan. Je ne sais pas de quelle nuit des temps sort cette expression. En tout cas, le flan c'est moi. Je suis gélifiée, immobile et stupide sur le pas de ma porte alors qu'Irène vient de me décrocher un baiser sur la bouche avant de s'enfuir. Je n'ai rien dit, je n'ai pas bougé, pétrifiée. Il n'y a plus personne d'autre que moi dans cet encadrement et je reste là, jusqu'à ce que je me demande ce que je fais là.

Alors je rentre dans la chambre, ferme la porte à clé et je vais me coucher, avec ce drôle de truc en tête : pour l'une des rares fois de ma vie depuis que Mme Caillaux m'a gaulé en CM2 parce que je copiais sur Sandrine ma voisine, j'ai honte. De quoi ? Personne ne m'a vu. J'ai honte d'être restée là comme une conne sans bouger, sans rien dire, sans râler ou acquiescer. Peu importe, j'ai été incapable de dire quoi que ce soit à Louise Brooks qui est venue coller sa frange contre mon front. Incapable même de me dire à moi-même si ça m'a dégouté ou si ça m'a plu, si c'était rigolo, sensuel ou dégueulasse.

L'encéphalogramme plat, c'est moi. Je me déshabille mécaniquement et me glisse sous les draps glacés, vite réchauffée par l'énorme édredon en plumes. Et je m'endors tout de suite. Fatiguée de moi, et de tout ça.

Quelle heure est-il ? Je n'en sais rien. On est au milieu de la nuit. Une main frôle mon bras et me réveille. Je ne bouge pas. Je n'ai pas peur, je suis juste paralysée. La main remonte sur mon épaule. La main dégrafe l'horrible haut de pyjama d'homme en pilou que j'ai réussi à piquer au frangin. Je ne bouge toujours pas. Je n'ai même pas froid. Surtout que ce n'est plus une main qui me réchauffe, mais une frange, puis une bouche. Elle embrasse mes seins. Exactement comme j'aime que l'on embrasse mes seins. Pendant ce temps-là, sa main descend sur mon ventre, doucement. Exactement à la vitesse que j'aime. Comment sait-elle tout cela ? Je regarde au-dessus de sa tête, en direction de la porte. Elle est grande ouverte. Mais c'est pas possible : je l'ai fermée à clé. Elle ne peut pas être ouverte.

Ce n'est pas possible, donc c'est un rêve. Je me réveille en sursaut. La porte est fermée, mon pilou est boutonné jusqu'au cou. J'ai rêvé. Ce n'est pas au milieu de la nuit, mais au petit jour. Les premières lueurs bleu clair commencent même à se glisser entre les persiennes. Je me lève d'un bond, je m'habille aussi sec. Je saute sur mes bagages. Je ne resterais pas une minute de plus dans cette baraque. Je sors dans la chambre, mon gros pull de travers et mon sac en bandoulière.

Dans la grande salle, près de la cheminée éteinte, Irène est attablée dans un coin de la grande table de ferme. Elle se réchauffe les mains en tenant un bol fumant. Elle sourit. « Assieds-toi, j'ai fait du café ».

Quand la Pétasse rencontre Jacky

Je recrache, direct, sur le plaid en laine de Mérinos non traité. « Mais il est immonde ce café. » Irène, plutôt que de s'offusquer et de compatir avec le bélier qui a daigné offrir sa fourrure, éclate de rire. « C'est un café qui vient du jardin. On a réussi à le faire pousser dans une petite serre ensoleillée uniquement les jours de solstice. Et on le torréfie à la poêle ». Il n'a pas dû bronzer très fort et la poêle était en mode congélo. Je repose le bol d'eau chaude à peine teinté et je me lance.

En fait non, je suis là comme une conne engoncée dans mon Mérinos et je n'ose pas lui parler de ce qu'il s'est passé. J'ai peur de quoi au fait ? De passer pour une ringarde, une fille qui n'a jamais fait un bisou à une autre fille ? C'est ça, mais c'est pas que ça. J'ai peur de casser ce truc entre nous. Cette amitié, ou ce qui pour moi est une amitié. J'ai peur que, même en me contentant de mettre les points sur les « i » je brise un truc. Comme une conne quoi. Alors j'en rajoute dans l'enthousiasme surjoué. « C'est génial d'être autonome quand même, de pouvoir se passer du *drive.* » Je l'observe. Elle aussi en fait des caisses et en rajoute. La voilà qui se lève, me montre les panneaux solaires qu'on aperçoit par la fenêtre et le puits au fond du jardin. « Bon, évidemment, pour l'eau chaude, c'est plus compliqué, faut la faire chauffer dans le grand chaudron sur le fourneau ».

La voilà qui se lève et sort un tuyau d'arrosage qui vient d'on ne sait où et verse des litres de flotte dans un énorme chaudron en cuivre posé sur le fameux fourneau. « Dans une demi-heure, c'est chaud. En attendant, viens voir les bêtes ». On sort dans le matin glacé et on trottine vers une grange à l'écart. C'est une étable évangélique ou presque. Une vache, un âne et une chèvre broutent tranquillement leur paille. « Mais vous allez les manger ? ». Irène est sidérée. « Mais pas du tout. T'imagines tout de même pas qu'on va assassiner Astrid, André et Sidonie ? Ils habitent ici, comme nous ». Du coup, je me dis, bêtement, qu'on aura du bon lait d'Astrid au petit-déj et du fromage de Sidonie à midi. « Mais pas du tout. On ne prend du lait à Astrid et à Sidonie que lorsqu'elles sont enceintes, sinon c'est de l'exploitation. C'est au printemps seulement. » OK. Mais du coup, quel est l'intérêt d'avoir des animaux ? « On les a sauvés. La vache partait à l'abattoir, l'âne allait finir en saucisson et la chèvre était devenue une machine à produire du lait ». Soit. Je me résous à l'arche de Noé végan quand j'entends un grognement de l'autre côté de la grange. « Ça, c'est Jacky le cochon. Il est en pleine déprime depuis que Baptiste l'a interdit de canapé. C'est idiot, et je lui ai dit : c'est très propre un cochon quand on le responsabilise. Depuis, il ne quitte plus la grange. »

OK, je suis tombée chez les dingues. Mais encore une fois, je me retiens de tout envoyer valdinguer. Encore une fois j'ai peur de casser quelque chose. Et pas que l'amitié d'Irène, mais quelque chose qui m'attire dans cet endroit, ce cocon. Alors je me contente de dire qu'« effectivement, un cochon, ça prend vachement de place sur un canapé ».

On a fait le tour du zoo et l'eau est chaude. J'attrape le chaudron en cuivre, je me brûle au passage et me dirige en titubant vers la salle de bain. Car il y a une salle de bain, avec de l'eau courante, froide évidemment. « La technique est simple, m'explique Irène. Il faut s'asseoir dans la baignoire et quelqu'un te verse de l'eau sur la peau. » Je comprends instantanément les processus compliqués, c'est mon métier. Quant à cette manœuvre-là, elle est claire comme l'eau du puits. Alors je referme délicatement la porte de la salle de bain au nez d'Irène.

Quand la Pétasse goûte aux vraies joies de la ferme

Passez votre chemin les malandrins. Ceux qui pensaient avoir droit à la scène langoureuse de la douche en version *roots* en seront pour leurs frais. Irène aussi en a été pour les siens. La porte de la salle de bains est restée hermétiquement bouclée et je me suis débrouillée toute seule avec mon chaudron d'eau chaude. De là à prétendre que ma position de porteuse d'eau essayant de se rincer à l'eau bouillante avec une température ambiante de 12 degrés Celsius était particulièrement glamour, c'est une allégation dans laquelle je ne m'engagerais pas.

En tout cas, en sortant, à la foule qui me demande de livrer mes impressions après mon exploit, à savoir Darjee et Irène en train de siroter un énième Matcha près du feu, j'ai juste répondu, « *c'est vivifiant* ». Et c'est assez exact, car en entrant dans le salon, je me suis sentie à peu près aussi bien qu'au moment où ton tortionnaire en a fini de t'asséner des coups d'un fouet en cuir qui a passé la nuit dans l'eau de pluie glacée. Bref je vais mieux et me sens carrément partante quand Baptiste déboule et appelle à l'aide pour s'occuper des animaux.

« S'occuper des animaux ». Pour moi, ça signifie leur faire des gratouilles sous le museau, leur distribuer une carotte ou quelques graines et leur causer, puisqu'il parait que c'est bon pour leur moral. Mais en vrai, c'est pas vraiment ça. X le cochon, par exemple. Il a beau être l'un des plus intelligents des mammifères, il a pas non plus inventé l'Internet. Et en plus, il fait caca. Beaucoup. Et pendant que tu vires les pelletées d'excréments qu'il a laissées dans sa porcherie, il te regarde avec l'air ahuri de celui qui se dit que la nana qui s'agite n'a pas vraiment l'habitude de faire ça.

Vous vouliez du glamour ? En voilà, des seaux. Car quand les toilettes de X le cochon sont nickels, il faut attaquer celles de Y la biquette. Et la foule énamourée de se demander comment va son transit. Il va très bien merci. À ceci près que la petite chèvre adore se frotter à moi pendant l'opération de salubrité. Et de me pousser avec ses cornes. Pas pour me charger, la jeune fille n'est que tendresse, mais pour me prouver son affection. Résultat : elle me déséquilibre et je me retrouve assise dans sa paille. Mais c'est sans compter sur le cadeau surprise. Sous la paille en question, on retrouve de charmantes boulettes qui sortant d'un animal plus imposant se seraient dignement appelées étrons. Elles sont certes petites, mais en quantité suffisamment importante pour que je ressente la très curieuse impression que, même à travers mon jean costaud, je suis assis dans la merde. Et c'est précisément le cas. Même mes mains, plongées dedans, peuvent en témoigner. Je ne bouge pas, car au moindre mouvement, c'est pire. Et l'odeur, lorsque l'élément défécatoire est remué, empire comme chacun sait. Je pousse tout de même un petit cri, comme un grognement animal à vrai dire, puisque je fais corps avec l'élément. Baptiste arrive de la grange d'à côté, et, en m'apercevant et en se marrant, me signale que j'ai trop de la chance, puisque je vais pouvoir, oh joie, reprendre une douche arrosée au chaudron bouillant.

Quand la Pétasse décroche le maillot jaune

La nature, c'est beau, c'est vert c'est vivant et c'est grand. Mais va trouver un exfoliant là-dedans.

Moins de 24 h après m'être échappée de mes bases, j'ai comme un goût de reviens-y au bord des lèvres (et du gommage). Mais comment leur demander où est le premier Carita ? Du coup, après ma énième douche qui, du coup, m'a bien gommée, j'essaie d'esquiver le binage des patates pour prétexter « *un aller-retour à la poste de Saint Cosme les brouettes, juste à côté et qui, tu sais bien, ferme à midi* ». Tout ça pour inhaler un peu de civilisation.

Le trio me propose gentiment de m'accompagner et même, devant mon manque flagrant d'enthousiasme, nous voilà partis vers ma voiture. Ce qui m'inquiète, vu que je n'ai strictement rien à faire à la Poste. « *Elle est électrique ?* » s'inquiète Darjeeling. J'essaie de la rassurer. « *À part pour fournir du courant à l'autoradio, pas vraiment.* » Ce qui ne la rassure pas le moins du monde.

« *Elle est hydrogène alors ? Ou au gaz au moins ?* ». En découvrant qu'elle roule bêtement au bon vieux pétrole, et même pas à l'essence, mais au diesel, elle a un mouvement de recul. « *On a des vélos. Le village est à même pas quinze kilomètres. Ce sera bien mieux* ». Et là, l'espèce de torpeur qui m'assaille depuis la veille, et a englouti tout sentiment de révolte chez moi, produit son effet, et je livre ma réponse devenue habituelle : « *ben pourquoi pas, allons-y* ».

Par vélo, j'entendais évidemment un truc électrique noir et ultra moderne avec une selle en mousse. Un engin qui file comme une mobylette. Mais les biclous qui sortent de la grange ont tous les trois la même couleur rouille. Les chaînes sont de la même teinte et comme ces dernières n'ont pas vu une goutte d'huile depuis la bataille de la Somme en 1916, elles couinent à chaque coup de pédale. S'il est un tableau que le plus sombre des impressionnistes ne saurait peindre, c'est celui de notre troupe sous la pluie d'automne en route vers le bourg. Entre les couinements des vélos, les ahanements des cyclistes qui tentent de faire avancer des enclumes qui ne se sont pas dégourdi les roues depuis 90 ans et Baptiste qui fait son Yves Montand en beuglant « quand on partait de bon matin à bicyclettteeeeeeeuuuuu », la journée s'annonce apocalyptique.

Mon exfoliant, mes gommages et mes antirides (pour une amie bien sûr) ne sont plus qu'un souvenir, une survivance du temps d'avant le grand cauchemar qui a englouti la civilisation pour aboutir à la barbarie du vélo. Je me bats contre les éléments déchaînés et la chaîne rouillée. Contre la pluie qui me fait friser à m'arracher toute dignité. Je ne suis plus qu'instinct de survie. Je ne pense plus qu'à sauver ma peau. Je me bats, je me débats et je pédale sans penser à autre chose qu'à mon vélo. Et puis sans penser à rien. Et puis je me sens bien. La pluie battante ? Ou ça ?

Un vélo rouillé ? Allons donc. Baptiste, Darjee et Irène ? Mais oui au fait, où sont-ils passés ?

Je suis à l'entrée du village. Toute seule. Je m'arrête, même pas essoufflée et je ne les vois pas. Cinq minutes se passent. Ils me verront bien en revenant de l'épicerie bio « tellement sympa, c'est un copain qui fait de la permaculture qui l'a ouverte le mois dernier ». Mais si je ne les vois pas, je finis par les entendre, derrière moi. Ils pédalent encore et me rattrapent enfin. Irène est totalement essoufflée et a du mal à me parler. « Tu t'es échappée d'un coup et on n'a jamais pu te rattraper. T'es dopée ma parole ». Dopée moi ? Je ne suis pas une fillette de la ville moi. Ni une bergère en goguette moi. Pas une nana qui se sent abandonnée sans ses stilettos et sa petite auto, moi. Enfin je l'étais peut-être, jusqu'à tout à l'heure.

Quand la Pétasse découvre le recyclage et le vin naturel

L'échoppe s'appelle « Le recyclier ». Me demandez pas pourquoi j'appelle cette épicerie une échoppe, c'est le premier mot qui me vient à l'esprit. Sûrement parce que l'endroit me renvoie aux petites boutiques insalubres du moyen-âge. En tous cas, c'est l'arrivée d'étape de notre virée cycliste, l'endroit où on va acheter des légumes bien élevés comme il faut et à qui il ne manque plus que la raie de côté et un brin de politesse pour dire bonjour à la dame.

« Le recyclier » qu'elle s'appelle cette boutique, c'est écrit en pyrogravure sur une planche de bois clouée au-dessus de la porte. En l'ouvrant, elle fait gling-gling grâce à une clochette japonaise en bambou qui s'agite quand on la cogne. À l'intérieur, il fait aussi sombre que dans les pensées d'un nihiliste russe et c'est aussi étroit que les pensées d'un militant de la manif pour tous. À gauche, on trouve pêle-mêle un robot mixer orange des années 70, un radio K7 autoreverse de la même période et une flûte à bec. À droite, c'est le rayon conserves où s'entassent des bocaux de tomates vertes, de cornichons jaunes et de peppéronis rouges. Plus loin, des tambours de machines à laver succèdent à des tuyaux d'aspirateurs enroulés. Puisqu'on vous dit qu'ici on recycle.

Heureusement, Baptiste ouvre la voie dans la pénombre. Très loin, au bout du dédale, j'aperçois une raie de lumière. Et sous la raie, un ogre, un géant, un cyclope peut-être. Ses deux énormes paluches sont posées sur un vieux comptoir de bistrot. On s'approche et on le distingue un peu mieux. Tout va bien, il a ses deux yeux. Il a aussi une barbe qui lui bouffe tout le visage alors que ce qu'il en reste est caché par une tignasse qui n'a pas vu un peigne depuis le 11 septembre 2001. Irène et Darjee se jettent à son cou. Il les enlace toutes les deux d'un seul bras. Baptiste s'occupe des mondanités. « *Je te présente Clément* ». Il me regarde et me sourit. Soudain, sa barbe et ses cheveux s'effacent et un gigantesque sourire s'étale d'une oreille à l'autre. « *Installez-vous. J'ai quelques flacons et babioles pour vous. Quand une nouvelle et charmante personne entre dans mon antre, j'offre présents, victuailles et moult ripailles* ». Allons bon, le géant est troubadour, ou ménestrel, je ne me rappelle plus, j'ai oublié le cours d'histoire de madame Gardinier en 4e F.

Mais en fait de ménestrel moyenâgeux, l'ogre est plutôt doux, aimable, subtil, brillant et beau gosse lorsque sa tignasse est repoussée et son visage éclairci. Inutile de supputer et de supposer l'improbable : non ce type n'est pas mon type. On peut tout de même trouver quelqu'un chouette sans s'en éprendre comme la première midinette. Et Clément est chouette. Mais il faut avouer qu'il a quelques munitions pour rendre le monde et ses occupants plus chouettes. 5 minutes après notre arrivée il a débouché un Cabardès, un Minervois et un joli Chablis « *cultivés, récoltés et vinifiés de façon entièrement naturel. Ils peuvent pas te faire mal à la tête* ». En effet, aucune migraine ne vient troubler l'ivresse qui arrive au galop. Mais les proportions aidant, je suis pompette après un demi-verre quand Clément le géant est à jeun comme un nouveau-né après deux bouteilles. Il profite de notre demi-coma à tous les trois pour nous faire faire le tour du propriétaire.

Quand la Pétasse en pince pour un rugbyman poète

Vous y connaissez quelque chose en vin naturel ? Moi je sais tout, surtout après quelques verres et les explications attentionnées de Clément. Attentionné : c'est bien le mot qui définit le doux géant. Il est charmant, intelligent, cultivé et donc attentionné. Je l'ai déjà dit, non ? C'est simple, une jeune fille fragile (moi en somme) ne rêve que d'une chose : que le colosse la prenne dans ses bras velus, certes, mais tellement musclés. Oh ça va, on a le droit de rêver, l'espace d'une seconde pas plus, promis, qu'un rugbyman doublé d'un poète s'occupe d'une princesse. Et m'apprenne en plus, qu'avec ses belles mains calleuses, il tient sa boutique, recycle les vieilles machines (c'est pour ça qu'elle s'appelle Le recyclier, bande de niais) tient comptoir, sert des limonades (bios) et des vins qui ne le sont pas moins. Des vins qu'il récolte lui-même (avec ses belles mains) sur des vignes qu'il cultive lui-même (avec des mains je vous dis pas comme), sans tracteur, mais avec un vieux cheval qu'il mène comment ? De main de maître, évidemment. Sa boutique est aussi un restaurant, où il cuisine des petits plats à base de produits locaux, forcément. Le soir, fatigué, il trouve encore le temps de se cultiver et de cultiver ses prochains. Sa boutique resto est aussi une librairie.

Ça fait rêver un homme qui sait tout et qui sait tout faire. Besoin d'un plombier ? Il répond présent. Besoin de savoir à quelle heure se couchait Marcel Proust ? Pas de souci. Quand je pense que Gabriel prend son téléphone pour demander à Google les horaires du vieux Marcel, et c'est encore son smartphone qui lui sert à appeler le plombier. Alors je rêve, aidée de quelques gorgées de ce subtil assemblage de pinot noir et de gamay sans sulfites.

« *On y va ?* » Les autres sont déjà sur le départ et Louise Brooks m'apostrophe. Moi je suis encore en train de discuter avec mon géant des bienfaits conjugués de l'aligoté et des sœurs Brontë. Enfin surtout lui. Moi j'écoute et j'acquiesce, un peu envoûtée. Un peu ivre aussi. « *Je vous rejoins, passez devant.* » Pas question de rater les belles histoires de l'oncle Clément. En plus, impossible de se tromper : il n'y a qu'une seule route qui traverse le village. Mais Irène ne l'entend pas de cette oreille-là. « *On est venus tous ensemble, on repart tous ensemble* ». Clément a tout compris. Immédiatement. Clément calme le jeu. Carrément. Clément est génial. Évidemment. « *J'ai un excellent méli-mélo de panais et de rutabagas à la coriandre fraîche au plat du jour. Restez déjeuner et vous repartirez dans l'après-midi.* »

En fait, Clément a compris qu'Irène était jalouse. Alors mon géant rusé est aux petits soins pour elle. Il lui ressert un verre pendant qu'il accueille ses premiers clients pour le déjeuner. Il nous installe à table en prenant soin de tirer sa chaise, de débarrasser son manteau. Elle ne me lâche pas d'une semelle, et mon homme à tout faire non plus. Je les observe tous les deux se plier en quatre pour moi, tout en tentant de sauver les apparences et de se battre à fleurets très mouchetés. Et j'avoue que j'adore ça. Tout le déjeuner se déroule dans cette ambiance de guerre froide et quand Clément, qui passe de table en table s'approche de la nôtre, il se place systématiquement aux côtés d'Irène, mais n'a d'yeux que pour moi.

Quand arrive l'heure de quitter les lieux, on est évidemment les derniers clients. « Tu nous fais l'addition s'il te plait », lui envoie Irène, comme si elle parlait à un loufiat. « *Elle est pour moi, évidemment. Je ne peux pas laisser une mauvaise première impression à notre visiteuse venue de l'outre monde pour nous voir, quand même* » lui répond le patron en me regardant ardemment.

On est partis. Ils sont déjà en selle et m'attendent. Clément m'a offert un panier avec deux bouteilles de son vin, un foie gras à lui aussi, et un livre, qui n'est pas de lui, mais de Balzac. « *C'est le lys dans la vallée, une histoire d'amour impossible* », me chuchote-t-il en m'embrassant entre la nuque et l'oreille. Je survole la route du retour, j'enjambe le peloton, je vole au-dessus de la frange de Louise Brooks et les vieux biclous rouillés.

Quand la Pétasse brise les cœurs et se découvre des talents de bûcheron

« Moi je file à la sieste. Je suis lessivée ». Et c'est vrai que le vin, les plats et Clément qui m'a fait du plat, ça m'a lessivée. « Attends ». C'est pas un conseil que me donne Irène, mais un ordre. « Je voudrais te parler ». Elle a l'air furax et moi, sans un petit roupillon je suis bonne à rien, surtout pas à discuter. Elle me rappelle mon ex-mari qui me disait trop souvent, « faut qu'on parle », à propos de tout, de rien, et surtout de nous, toujours au moment où je voulais me carapater. Mais d'accord, OK, parlons.

« Écoute, ton attitude au resto était gênante pour tout le monde. Te regarder faire du gringue à Clément nous a tous mis dans l'embarras ». Mais comment elle me cause la procureure ? « Nous a tous mis dans l'embarras », on croirait un truc sorti d'un roman-feuilleton de la fin du XIXe. Sors de ce corps Eugène Sue. Je ne sais pas ce qui me retient de prendre, mes clics, mes claques, mes clés et ma bagnole et de partir d'ici. Si, en fait, ce qui me retient, c'est que je ne lui aurais pas cloué le bec. Et pour ce faire, j'attends que la porte s'ouvre. Un ange protège les garces et voilà que Baptiste se pointe.

J'élève la voix, mais sans m'emballer et je balance à Irène. « Je sais bien que tout le monde s'en fout de mon attitude. Il n'y a que toi qu'elle gêne. Parce que tu es jalouse de Clément. Mais tu sais, c'est pas en essayant de me coincer sous la douche ou dans le foin que tu parviendras à tes fins avec moi. Allez, je file à la sieste pour de bon cette fois-ci ». Et je rentre dans ma chambre en fermant la porte. À clé.

Je m'endors du sommeil du juste qui n'a rien à se reprocher et quand je me réveille, il fait pratiquement nuit. Darjeeling est dans le salon et tente de ranimer les braises dans la cheminée. Visiblement, vu la fumée qui envahit la pièce, elle est plus douée pour la fashion non genrée que pour l'art du feu. « Je vais t'aider ». Je chope quelques pages du Monde de l'avant-veille (le meilleur allume-feu à cause de l'encre utilisée par le journal du soir) et j'y ajoute un peu de petit bois, en faisant une espèce de teepee indien. Cherchez pas : j'ai du sang de bûcheron. À peine le temps de craquer une allumette et les flammes montent dans le conduit. Darjee est épatée et la fumée commence à se dissiper. « Dis donc, Irène est dans un drôle d'état. Elle a pleuré tout l'après-midi et je l'ai retenue pour qu'elle rentre pas chez elle. Même qu'elle voulait retourner au boulot. Je lui ai dit qu'on était vendredi après-midi et le temps d'arriver au boulot, personne ne remarquerait qu'elle bosse. Ça l'a dissuadée. »

Ma colère était retombée aussi vite qu'elle est montée, et maintenant, je m'en veux. De tout, de l'avoir outée aux yeux des autres qui, peut-être n'étaient pas au parfum. Je m'en veux aussi de lui avoir fait de la peine. « Où est-elle ? » Darjee me désigne une porte. Peut-être sa chambre. J'ouvre doucement. Elle est là, allongée sur son lit. Elle dort. Des larmes sèchent sur ses joues. Alors je m'approche, je lui caresse le visage et j'embrasse son front. Elle ouvre les yeux et me regarde. Je l'embrasse comme je n'ai jamais embrassé un garçon, tendrement, assidûment. Comme je voudrais qu'on m'embrasse. En m'éloignant de son visage, je mets un doigt sur sa bouche, pour lui faire signe de ne rien dire, de ne rien ajouter et je sors. J'ai rendez-vous avec Clément.

Quand la Pétasse s'aperçoit qu'un diner romantique peut changer le cours d'une vie

Pas question de retourner au village à vélo. En plus, la nuit est tombée.

Dans la voiture, j'allume la radio, histoire de savoir si le monde dont je suis coupée depuis deux jours ne s'est pas écroulé.

Après deux petites polémiques gouvernementales, trois réactions de l'opposition en mode cours de récré, « c'est çui qui dit qui est », on passe à la page des sports. « Les reconnaissances du critérium des Cévennes s'achèvent et les pilotes prendront le départ de la première spéciale dès demain. » Ça me fait évidemment penser à Gabriel qui a dû m'inonder de messages depuis mon départ en mode « je prends des nouvelles », avant de passer en phase 2, « je suis inquiet », puis d'embrayer sur le registre énervé : « appelle-moi, je sais que tu captes ». Sauf que je ne capte rien. Le seul endroit où je peux espérer grappiller une barre de connexion c'est en levant le bras, au fond du cimetière.

Bonne fille, je me décide à passer saluer les morts du pays et à faire quelques extensions, histoire de ne pas pourrir complètement la soirée de mon handicapé préféré. Peine perdue : je tombe sur son répondeur, ce qui a le don de me mettre en colère, car si c'est un truc que je pratique tout le temps, je ne supporte pas que quelqu'un d'autre procède ainsi.

Je suis un poil remontée quand je me gare devant la Recyclerie et encore plus quand je découvre le panneau « fermé » devant la porte. Mais elle s'ouvre avant même que je me carapate furieuse. « Je t'ai entendu arriver. J'ai fermé la boutique pour ce soir, histoire qu'on soit tranquilles ». Mon petit doigt, qui n'a pas été manucuré depuis deux jours, me dit que mon géant a sorti le grand jeu. Et mon auriculaire ne se trompe pas. Dans la boutique résonne un petit air de violon russe et, dans ce qui sert généralement de gargote, se dresse une table nappée de blanc et recouverte d'une argenterie dont chaque couteau a connu la guerre de 1870. Quant aux verres, en cristal de Bohème, ils ont dû s'entrechoquer à chaque victoire des Prussiens. Rien de bien récent donc, mais le tout a un côté attendrissant.

Alors je me laisse guider par mon chevalier qui sabre, avec une lame du lot prussien, l'une de ses bouteilles, un champagne qui n'a pas le droit de s'appeler champagne et qu'il bricole à l'abri de sa cave.

« Tu devrais arrêter de prendre ta voiture sous n'importe quel prétexte. Tu vois, mon chai est à 10 km d'ici et pour y aller, je prends ma carriole attelée. Il me faut moins d'une heure pour les faire ». Je fais de l'arithmétique niveau CM2 pour en conclure qu'il ne lui faudrait qu'un quart d'heure en voiture, mais je me garde de lui livrer les résultats de mon calcul. Alors il enchaîne. « Il faut savoir prendre son temps. Flâner, ce n'est pas le perdre. »

Toujours dans mes maths de primaire, je m'aperçois quand même que le bougre arrive, en flânant, à faire un maximum de trucs, dont je serais incapable même en me dépêchant.

Qu'est-ce que j'ai loupé dans le mode d'emploi de la vie ? Je dois penser tout haut, car il me répond. « Peut-être que tu te concentres trop sur l'accessoire, et que tu en oublies l'essentiel ». Mais il a raison le bougre. Lui, il fait son vin, s'occupe de ses légumes, de son resto, de sa boutique, de ses clients et de ses amis qui se trouvent aussi être ses clients. Mais il ne perd pas sa vie. Moi, entre mes séances de shopping, les collègues, les chefaillons, les politicailleries de boulot, les ragots, les bouchons, les engueulades sur la route ou au bureau, je fais quoi exactement ? Mon job ? Je suis incapable de le définir en une phrase. Je suis inutile, alors je m'occupe, je me dépense et je me débats. Pour rien. Il a raison.

« Mange. C'est bon. Et si tu aimes, c'est que j'aurais bien fait mon travail ».

C'est simple, utile, agréable : voilà la voie à suivre. Et là, d'un coup, dans ce petit bistroquet perdu, avec mon grand Hagrid tout droit sorti d'Harry Potter, je viens de décider de changer de vie, sans même s'en rende compte.

Quand la Pétasse se fait enlever par son Prince charmant préféré

Un géant, c'est bien tentant, mais celui-là est un poil agrippant. C'est à peine si je peux remuer un faux cil sans qu'il ne se précipite pour remplir mon verre, mon assiette, prendre mon manteau, me tendre la corbeille de pain, ou m'offrir un verre d'eau. C'est plus un dîner, c'est de l'assistance respiratoire. Limite qu'il ne me tienne la serviette pour m'essuyer la bouche.

Évidemment, il est touchant, plutôt séduisant même, intelligent aussi, mais dans le genre sparadrap, il ne te lâche pas. Peut-être un effet secondaire du bon air, du bien manger et de la permaculture.

En tout cas, quand j'entends frapper à la porte, j'ai l'impression d'être sauvée par le gong avant de finir KO et peu importe si mon sauveur s'appelle Irène, Darjee ou Émile Louis, il va me tirer d'affaire et faire diversion à mon ennui profond. Mais il n'est ni chauffeur de bus, ni transgenre, ni jolie fille à frange. Mon sauveur, c'est Gabriel.

En entendant sa voix dans le couloir, j'ai l'impression de me retrouver dans un mauvais boulevard où je joue le rôle de l'amant du placard. Je prie le ciel pour qu'il m'envoie un drone téléguidé depuis le Pentagone pour qu'il bombarde le Recyclier d'ici quinze secondes, avant que le chef d'État-Major de l'armée américaine ne tweete qu'il a fait une « fatal error ». Mais en attendant, la femme fatale voudrait disparaitre à jamais et n'avoir jamais existé même sur les registres de l'État civil. Mais c'est trop tard pour le drone et mon extrait de naissance. Gabriel est devant moi avec un énorme sourire. Pas le genre rictus narquois ou vengeur, mais le genre content de me voir. « Ta copine à la ferme m'a bien expliqué le chemin jusqu'ici ». Irène, la garce fielleuse, elle tient sa vengeance et ne s'est pas privée de me balancer.

Tu réponds quoi et tu fais quoi dans un cas comme celui-là ? Deux solutions s'offrent à moi : je me la joue offusquée, du genre on ne me flique pas moi, je suis libre comme la montgolfière (en moins ronde) qui se laisse porter par les courants d'altitude. Ou alors, moins crânement, je m'assieds sur les genoux de mon amoureux en fauteuil, je l'embrasse en ébouriffant sa tignasse qui devient d'ailleurs grisonnante et se raréfie dis donc. Et après tout, c'est ce que j'ai justement envie de faire. Et après tout, il m'a sauvée d'une soirée d'ennui. Et après tout, il m'a manqué. Si si. Un peu. Alors je me précipite vers lui.

Gabriel m'accueille et me prend dans ses bras, mais je sens qu'il n'est pas totalement à l'aise. Normal ? La situation est incongrue ? Il pourrait s'imaginer des trucs ? C'est vrai que débouler en pleine cambrousse à 700 km de chez lui et retrouver sa femme en train de diner en tête à tête avec un géant est moins courant qu'un déjeuner dominical chez belle-maman. Mais c'est Gabriel, l'homme qui comprend tout et me comprend comme personne par-dessus tout. Alors il explique à Clément. « Je passe la semaine au Critérium des Cévennes avec mon écurie, je suis team manager dans une écurie de rallye et le parc fermé est à Alès. À 50 km d'ici. D'ailleurs je ne veux pas m'attarder, les gars m'attendent. Bonne soirée monsieur ». Et le voilà qui fait demi-tour et me voilà toujours sur ses genoux. Clément referme la porte derrière nous et nous fait un signe de la main, un poil dépité.

« Il y a de la place dans le motor-home du team. J'enverrai quelqu'un récupérer ta voiture demain ». Et mes affaires ? La ferme ? Darjee ? Irène ? Baptiste ? Le cochon ? La chèvre ? La douche froide ? Et ma liberté de décider ? Je suis montée dans la voiture de Gabriel. J'accepte volontiers. Je suis même contente qu'il veuille m'enlever. Mais il me le paiera. Question de quant-à-soi.

Quand la Pétasse est coincée entre écologistes et automobilistes

Il fait nuit et avec le brouillard, la visibilité est à peu près aussi bonne que dans une taupinière et les virages se succèdent sans le moindre marquage au sol. Mais Gabriel conduit comme s'il était sur une autoroute en plein soleil. Est-ce que j'ai peur ? Il est au volant, c'est son métier, j'ai confiance, et il sait que j'ai confiance. Je suis tellement rassurée que je suis en train de fondre dans le siège, de m'y incruster. Les différents vins (naturels) servis par mon géant m'ont gentiment anesthésiée, mais pas assommée. J'ai la douce impression d'être à ma place, au bon moment, d'être bien, même si je suis vautrée dans un siège de bagnole au milieu de la nuit sur une petite route cévenole à peine plus large que les fesses de Kate Moss.

Rouge sur blanc, c'est tentant, blanc sur rouge, on pourrait rouler jusqu'à Montrouge. Ce qui ne me dérangerait pas.

Gabriel ne dit rien et c'est encore mieux. Pas envie d'explications, pas maintenant.

Au bout d'un moment, en sortant d'une micro-sieste, je finis quand même par lui parler géographie et agenda. « Tu te rends compte que je ne savais même pas que j'étais dans les Cévennes ? Et je ne savais même pas que tu avais un rallye par ici ? » Il me signale simplement que toutes les courses de la saison sont affichées sur le frigo. Mais pas du ton narquois de celui qui voudrait m'expliquer que « t'as qu'à ouvrir les yeux, pauvre truffe », mais plutôt avec la voix douce de celui qui m'indique qu'il aurait pu me rappeler que cette semaine il ne sera pas trop dispo. De celui qui sait aussi qu'en me parlant du frigo, il me renvoie aussi à une douce nostalgie de la maison, à mon foyer, que je viens de quitter.

Tiens, de la lumière. Des néons d'enseignes se découpent dans le brouillard. Une entrée de ville moche comme toutes les entrées de ville. Alès, Paris, Besançon ou Trifouillis-les-Oies : c'est toujours la même entrée de ville moche. « Ils nous ont collés sur un parking de la zone commerciale. On est interdits de centre-ville, on est des pestiférés, des sales pollueurs. » Effectivement, les voitures de course sont alignées entre un magasin de bricolage et un hypermarché. Je reconnais le motorhome de Gabriel. Les mécanos s'activent encore à l'extérieur, du moins je crois reconnaitre les gars de son team. Mais ils tiennent des pancartes. On s'approche. Sur l'un des panneaux, je lis « Pour la fonte des pôles, vous êtes en pôle ». Ce ne sont pas des mécanos, mais des militants écolos. Ils sont une dizaine, entièrement habillés en noir qui font le tour des différents stands, dans un silence de mort. En tête du sombre cortège, deux manifestants portent un grand calicot. Ils y ont inscrit, en lettres blanches sur un fond noir « Nous sommes en deuil de la planète et vous en êtes les croque-morts ». Je reconnais l'un des porteurs : c'est Baptiste.

Quand la Pétasse prend le parti des piques prunes

C'est beau une manif la nuit.

Comme tous ses condisciples, Baptiste porte une lampe frontale. Du coup, j'ai l'impression de voir une nuée de lucioles envahir le parc fermé, d'ailleurs totalement fermé. Les voitures sont sous clé et les mécanos sont bouclés. On voit leur tête se découper aux fenêtres des motor-homes et des camping-cars du rallye circus et si certains sont goguenards, d'autres sont plutôt inquiets.

Gabriel, lui, est plutôt énervé. « *Mais tu les connais ces gens ?* » Je lui réponds que oui, un peu, au moins l'un d'eux. Me voilà donc toute désignée pour servir de négociatrice pendant qu'il va calmer le car de CRS qui a déboulé tous gyrophares allumés au milieu de la place avec 50 costauds à bord, plutôt décidés à bouffer de l'écolo barbu.

« *Qu'est-ce que tu veux Baptiste ? Pourquoi vous êtes là ? Et baisse ta lampe frontale je ne vois même pas ton visage* ». Alors il m'explique que le comité de sauvetage du pré de derrière chez le père Rouquemoute (le CSPDCPR) refuse que le rallye passe par le chemin qui le longe. « *Tu comprends : y a des pique prunes sur son champ. C'est une espèce menacée et les voitures vont les achever lorsqu'ils seront sur le chemin de la spéciale de demain.* » Et de me demander si j'étais venue là pour les soutenir dans leur combat. Je marque un temps d'arrêt qui, si j'étais politicienne, se solderait par une réponse du type, « *c'est une excellente question et les Français doivent savoir* », tout en m'empressant de ne pas y répondre. Car je peux difficilement avouer à Baptiste que je partage le lit et la vie de l'un des plus gros serial killer de pique prunes que cette terre ait portées.

Heureusement une lueur de lampe frontale se précipite vers moi en courant du fin fond du parc fermé. Heureusement, ou malheureusement, car je reconnais cette voix qui hurle, et m'apostrophe d'un mot que j'avais oublié depuis quelques jours. « *Mamaaaan* ». C'est Anna. Elle me jette un regard plus noir que son t-shirt noir floqué « la voiture sème la mort ». Elle m'engueule ma parole. « *Qu'est-ce que tu fiches ici ? Tu pouvais pas rester dans ta ferme ?* ». Anna dont j'avais des nouvelles un peu sporadiques ces derniers temps. Anna qui avait l'air ravie que je prenne l'air. Anna qui, depuis une semaine, ne répond à mes messages que par « *tkt, OK, ça va* » vient de formuler une phrase complète. Ça m'épate.

Bon d'accord, j'ai un poil assoupli mes méthodes d'éducation ces jours-ci. OK, je ne l'ai pas trop écoutée quand, pendant des mois, elle m'a parlé de climat, de Greta et des manifs qu'elle arpentait chaque semaine. Mais elle a 20 ans, et aujourd'hui, une manif, c'est sportif. Faut courir pour éviter les charges, les LBD et les gaz. Et le sport, comme chacun sait, c'est bon pour le cardio et les fessiers. D'ailleurs je le conseille aux autres, et m'en dispense pour qu'ils puissent mieux en profiter.

« *C'est à toi que je devrais demander ce que tu fais là. Tu savais que Gabriel était engagé. Tu veux arrêter la course ? Tu veux te coucher sur la route quand sa voiture arrive en pleine spéciale ?* ». Je lui dis ça d'un ton posé, mais fâché. D'un timbre grave, mais calme. Un truc infaillible. Juste avant d'asséner le coup de grâce, totalement bidon, mais qui marche à tous les coups. « *En t'en prenant à lui, qui t'a donné toute sa confiance, tu t'en prends à moi.* ».

Est-ce que ça marche ? Franchement ? Moyennement. Je sens que mon timbre gaullien est à revoir lorsque je vois Anna s'accrocher au cou d'un jeune barbu de son âge. « *Je te présente ma daronne. Elle est complètement perchée, mais tu vas voir, elle est sympa. Elle est copine avec les gens de la ferme XXX et va manifester avec nous demain au champ Rouquemoute.* » Le jeune fluet me cloque la bise en mode vieux copain. « *Salut, moi c'est Aurélien. Je suis en couple avec Anna depuis trois jours. Et toi, comment tu t'appelles ?* »

Quand la Pétasse s'exerce à la guérilla urbaine

Je me répète la phrase dans ma tête : « *Anna vient de me présenter son petit ami* ». Un truc qu'elle n'avait jamais fait. Ce qui m'inquiétait d'ailleurs. Aurait-elle honte de sa mère ? Je ne suis pas dupe et il aura fallu ces circonstances rocambolesques pour que mademoiselle daigne « *me présenter son petit ami* ». J'en reviens toujours pas. Et du coup je l'examine, je le jauge et je le juge. C'est pas une conversation : c'est un entretien d'embauche. Sa fac de médecine, ses parents, son projet professionnel, tout y passe. Il essaie de faire bonne figure, mais à un moment, je le vois qui trépigne. Il est nerveux, le bougre, il essaie de se défausser, le sagouin. Quand je lui demande s'il compte vraiment bosser plus tard, et toute sa vie, en Afrique pour une association genre Médecins Sans Pognon, il n'y tient plus. « *Excuse-moi madame, mais les CRS viennent de faire les sommations et ils vont charger. Il faut courir. Tout de suite* ». À cinquante mètres, c'est pas un bataillon de flics qui se déplace : c'est un mur de casques et de boucliers qui fonce droit sur nous.

Normalement, la logique et les lois de la physique voudraient qu'on coure dans le sens inverse des CRS chargeurs. Mais je chope Anna, son Aurélien et Baptiste et les entraine droit vers les flicaillons. Car entre la troupe et nous, juste sur le côté, se trouve le motor-home de Gabriel et il nous fait de grands signes pour qu'on rapplique. Je crois que je n'ai pas couru aussi vite depuis la troisième quand le prof d'EPS promettait une crêpe Nutella à celle qui gagnerait le cross du collège. Gabriel est au milieu du chemin et nous fait signe d'accélérer pour nous mettre à l'abri.

On se précipite tous les quatre dans sa caravane. Mais il est toujours dehors. Le mur de bouclier est à vingt mètres de lui. Les flics ne vont faire qu'une bouchée de mon handicapé. Mais le mur s'écarte comme par magie, pour se refermer juste derrière lui. L'effet du fauteuil et des cheveux gris, enfin quelques-uns, a fait son petit effet. L'ouragan est passé et cogne à tout vibrure sur les manifestants restés sur sa route. Mon petit team manager est là, tout seul, il ne bouge pas. Je l'appelle, rien. Il est là à contempler le spectacle. Je me précipite, inquiète, il est comme paralysé. Ça va, je sais bien qu'il est paralysé des jambes, mais il se sert de ses bras comme personne. Et là, il ne bouge pas. J'attrape les poignées de son fauteuil et fonce vers le motor-home.

« J'étais fasciné par ce spectacle de fous, comme si j'étais invulnérable. Je ne voyais plus rien d'autre. Mais comment on peut taper sur des gens comme ça, sur ordre » ? Gabriel s'est remis.

Toute la troupe est autour de lui. Baptiste lui prépare un matcha *« j'en ai toujours avec moi »,* mais Gabriel réclame une bière. Aurélien essaie de lui prendre le pouls, mais Gabriel lui rétorque que le meilleur médecin du sport de la planète est dans la caravane d'à côté et lui a fait un check-up complet dans l'après-midi.

« Bon, vous restez là pour le moment. J'ai une idée pour vous évacuer sans que les robocops vous matraquent et vous embarquent. Rassemblez tous vos copains valides dans la tente — garage, et on

ferme derrière vous. Je vous préviens dès que votre escorte est prête. Il faudra foncer. » Et le voilà qui s'éloigne, téléphone en main. Baptiste et Aurélien filent pour rameuter leurs amis manifestants et au bout de quelques instants, une bonne vingtaine de garçons et de filles valides ou éclopés sont entassés sous la tente garage, fermé par des grilles et protégés par les mécanos du team.

Dix minutes se passent lorsque, depuis le motor-home, j'entends un énorme vacarme qui vient de l'extérieur. Ce ne sont pas les pandores, qui se sont dispersées par petits groupes pour surveiller le parc. Ce sont des moteurs. Devant l'emplacement du team de Gabriel, trente voitures de course sont arrêtées. Les phares sont allumés, les mécaniques sont prêtes. Gabriel est sorti. « *À mon signal, vous foncez. Je veux une seule personne par voiture. Et vous vous sanglez* ». Il se tourne vers moi. « *Toi tu me suis* ». Il m'entraine à l'arrière. Les mécanos ont préparé sa voiture. Une auto de rallye spécialement adaptée. Il ne s'en sert plus depuis des années. « *L'occasion fait le larron* ». Le moteur tourne. « *Monte et attache-toi, vaut mieux* ». Il grimpe dans le baquet pilote et j'ai juste le temps de fixer mon harnais alors que l'engin démarre.

Gabriel se colle à l'avant du convoi et donne le signal du départ. Les trente bolides avancent au pas, jusqu'au barrage des CRS qui bloquent l'entrée du parc fermé. « *Reconnaissance nocturne. On a toutes les autorisations et les voitures sont conformes. Vérifiez auprès du préfet.* » Il est 23 h 45, et le planton n'a pas vraiment envie de réveiller le représentant de l'État. Il écarte la herse et le convoi s'échappe et lui échappe.

Et moi qui pensais que la ferme était à 50 km d'Alès. « C'est bien ça, mais à 170 km/h de moyenne, on y arrive assez vite », me rassure Gabriel. Pendant tout le trajet, la voiture était en travers et j'ai l'impression de n'avoir vu la route que par la portière, avec cette curieuse sensation d'avoir évité 95 arbres qui me fonçaient droit dessus. Dans la cour des Trimardelles, les voitures de course sont garées en vrac, les écolos aussi sont un peu en vrac, secoués par les pilotes du critérium des Cévennes morts de rire. Irène et Darjee nous accueillent. Clément est là aussi. *« J'ai amené quelques munitions, lance-t-il en dégainant des cartons de bouteilles, car le matcha, ça suffit comme ça ».*

Quand la Pétasse joue au Casque bleu entre pilotes auto et écolos

« *Non, mais franchement, elles polluent un max vos autos* ». Baptiste discute avec Gabriel près de la cheminée. « *Comme deux bagnoles normales. Sauf qu'il y en a 10 000 fois moins* » lui répond mon team manager.

Autour de la table, deux pilotes trinquent avec Clément. « *Non, mais nous, l'électrique, on demande que ça. Ces autos-là, ça accélère plus fort que n'importe quelle thermique,* lui expliquent les sportifs. *En rallye c'est top.* » Le vigneron-épicier-recycleur n'en revient pas.

Dans un coin, Anna s'est endormie, pendant que son Aurélien et le médecin de la course soignent les yeux rougis par les gaz et les coups de matraque qui font de jolis hématomes bleus, verts et jaunes.

Darjee, elle, apprend les rudiments du pilotage en compagnie d'un champion de France 1600 cm3 assis sur une chaise avec un couvercle de casserole à la main pour lui montrer la bonne manière de tenir un volant, « et certainement pas comme on te l'a appris à l'auto-école ».

J'observe tout ce petit monde de loin. Irène est à côté de moi. Elle semble rassurée, comme si, pour elle, j'étais rentrée dans le rang, comme si, en ayant retrouvé Gabriel, je redevenais celle qui prêtait plus attention à elle. Une logique qui m'échappe. Mais chacun a la sienne, parfois absurde, parfois contradictoire. Comme ces gens rassemblés dans cette pièce et qui, il y a quelques heures seulement, se faisaient face, les uns voulant faire déguerpir les autres. Ces derniers pensant que les premiers étaient des terroristes verts. Maintenant, ils se parlent, s'expliquent, boivent des coups et se trouvent des points communs. Finalement, la charge des CRS était tellement contre-productive qu'elle a rassemblé les ennemis d'hier qui ont, contre toute attente, fait désormais front commun, contre eux.

Mais j'ai l'impression que Baptiste fomente un mauvais coup. Il passe de groupe en groupe et discute à voix basse avec quelques activistes écolos qui acquiescent à ses paroles, avant de passer au suivant.

Après avoir fait le tour de l'assemblée, le voilà qui grimpe sur la grande table en bois, en tapant du couteau sur son verre pour demander le silence. « *S'il vous plait, je voudrais au nom de tous, m'adresser aux pilotes, aux mécanos et à tous les gens qui ce soir, nous ont sauvés et sortis de cette nasse. Sans eux nous serions soit à l'hôpital, soit en garde à vue. Pour vous remercier, tout le comité vous a préparé un panier à chacun, avec des légumes du jardin.* »

Les pilotes applaudissent poliment, mais avec la retenue de ceux qui n'apprécient que légèrement le poireau en direct du producteur au consommateur. « *Nous avons aussi pensé à un autre petit cadeau qui, même s'il vous fera un peu moins plaisir que ces bons produits, nous tient à cœur* ». Il hésite un peu, et reprend :

« *voilà, avec les amis, on souhaiterait vous nommer membres d'honneur de notre groupe. Vous voilà officiellement protecteurs des piques prunes, puisque vous avez sauvé les sauveteurs des piques prunes* ». Et de prendre un énorme bocal des scarabées grisâtres, pour en distribuer un à chacun, en signe de reconnaissance et en prenant soin de rassurer les pilotes et les mécanos médusés. « *Ne vous inquiétez pas, ça mange de tout : du chêne, du hêtre, et même du châtaignier* ».

Quand la Pétasse découvre qu'un insecte peut changer le cours d'une course

8 h c'est la bonne heure. Celle où la brume t'emballe dans son manteau d'humidité glacée, celle où tu regrettes soit ta couette, soit de ne pas être issu d'une longue lignée d'ours polaires, ces bestioles qui ont des bouffées de chaleur quand le thermomètre dépasse les 2 degrés.

En tout cas, c'est l'heure où me voilà au bout du champ du père Rouquemoute, avec l'ensemble des membres du CSPDCPR en train d'attendre les premières voitures de la 7e spéciale du critérium des Cévennes. Et l'attente est longue et glacée. Je suis fatiguée, en plus. J'ai passé ma courte nuit à la ferme pendant que Gabriel et sa troupe sont retournés au parc fermé pour préparer les spéciales d'aujourd'hui.

Évidemment que j'ai adopté la technique de l'oignon. Et à tous les niveaux : 4 paires de chaussettes sous les bottes en caoutchouc, deux collants sous mon pantalon et trois pulls sous mon manteau. « Tu as froid ? » me demande Irène qui me voit grelotter. Depuis qu'elle m'a recollée dans les pattes de Gabriel, elle est plus prévenante que jamais. Je lui explique en riant que si je grelotte, c'est que j'ai peur des pique-prunes.

Clément a apporté une marmite de vin chaud à la cannelle qui a deux avantages : nous réchauffer et nous rendre totalement euphoriques, alors qu'en principe, notre devoir consiste à protéger les petits scarabées des grandes méchantes autos. Mais je suis de quel côté de la barrière moi, au fait ? Entre mon mec écraseur d'insectes et mes copains défenseurs de coléoptères, je ne sais plus de quel côté me ranger.

Pour l'instant, l'héroïne shakespearienne qui sommeille en moi se range derrière la barrière du champ en friche qui longe le chemin qu'empruntent d'habitude les bestioles, et que les bolides doivent dévaster ce matin. Si je me suis rangée, c'est parce que j'entends la voiture ouvreuse arriver. Les copains se dépêchent d'attraper les pancartes et comptent bien arrêter les voitures de course qui suivent la première, censée leur signaler tout incident sur la spéciale. C'est pour ça qu'en bonne traitresse, je leur dis de baisser leurs pancartes et de se comporter comme des spectateurs lambda. Mais l'ouvreuse n'est jamais arrivée jusqu'à nous. Le silence retombe. Elle a disparu, on ne sait où. Je reprends un verre de ce délicieux vin chaud à la cannelle.

Une minute plus tard, j'entends le même grondement pétaradant que celui que la voiture ouvreuse livrait à coups de brapbrapbrap. Mais en plus énervé. Les pancartes se lèvent et les manifestants se plantent sur le chemin de la spéciale. Mais la première voiture de course ne passe pas non plus devant nous. Elle s'arrête à l'entrée du chemin et je la vois se ranger sur le champ du père Rouquemoute. La deuxième en fait autant. Et très vite, le champ est un immense parking. Toutes les autos de course sont à l'arrêt. Les pilotes se détachent et sortent de leur baquet.

Je vois Gabriel qui arrive et rejoint les deux voitures de son team. Je me précipite comme je peux avec mes bottes en caoutchouc qui font « splouchsplouch » dans le pré mouillé, pour lui demander ce qu'il se passe. Il est tout sourire. « La spéciale s'arrête là. On a négocié avec les organisateurs. Il restait 2 km après le pré Rouquemoute. Du coup, les pique-prunes pourront continuer à se balader tranquillement ».

Les manifestants sont déjà au courant et embrassent les pilotes. Clément, Baptiste, Anna et son Aurélien ont un pinceau et un pot de peinture noire à la main. Ils ont décidé de peindre un scarabée sur chaque auto. « Sur le sticker du pétrolier sponsor. Ça lui fera les pieds ». Au lieu de hurler, les pilotes leur tiennent les pots de peinture.

Quand la Pétasse partait de bon matin à bicyclette

C'est à quelle distance le champ du père Rouquemoute des Trimardelles ? 3 km à tout casser, un quart d'heure en vélo en trainant. Je décide de les avaler en compagnie d'Irène qui a insisté pour m'accompagner.

Le reste de la troupe a décidé de suivre la course pour rencontrer les organisateurs et leur demander de créer une coupe scarabée, « *pour récompenser le meilleur temps de la voiture la moins polluante* » m'explique un Gabriel conquis d'avance avant de partir en lâchant une grosse fumée d'échappement.

Moi, pendant ce temps, je pédale avec Louise Brooks qui parle comme jamais. Elle ne s'arrête même pas pour respirer entre deux coups de pédale. « *Il est vachement sympa ton mec finalement. Tu sais je suis moins jalouse d'un type que d'une fille. Et puis c'est ton mari, enfin c'est tout comme. Et puis nous deux, c'est autre chose. Ça se situe à un autre niveau. Plus spirituel tu vois.* » Elle n'arrête pas et débite des phrases en mode aléatoire, comme si elle plaçait des mots clés au hasard, des hashtags de coïncidence ou de convenance. Au bout d'un moment, je m'arrête, j'en peux plus. Je descends de mon vélo. « *Écoute Irène, je t'aime beaucoup. Passer du temps avec toi, c'est vraiment sympa. Mais il faut que tu comprennes : on est bonnes copines, pas amoureuses, enfin pas moi* ». Ça ne la sèche pas sur place pour autant. Les filles déterminées, j'en connais, mais elle est d'un autre calibre. Une Terminator de l'autoconviction. Rien ne l'arrête. Elle est en boucle. « *Tu comprends, on s'apporte des trucs dingues. Toi tu me donnes confiance en moi. Et moi je te pousse vers une vie plus saine. Il n'y a pas de hasard dans le fait qu'on se soit rencontré, c'était notre destin. On est complémentaire* ».

Impossible de la couper. Impossible d'en placer une.

Alors je trouve la plus absurde des solutions pour qu'elle cesse de parler. Je l'attrape par un bras pour l'attirer contre moi. Et je l'embrasse, à pleine bouche, comme elle, dans la grange. Sauf que cette fois, c'est moi qui prends l'initiative. Ça dure un temps fou.

Quand je m'arrête, je la regarde. Elle ne dit plus rien. Elle est scotchée. Alors je remonte en selle et je pédale comme jamais, pour lui échapper bien sûr, mais aussi pour éviter d'avoir à m'expliquer à moi-même ce que je viens de faire.

Je pédale toujours comme une dératée, même si mon vélo a déraillé. Je fais deux tours de pédale pour un tour de roue effectif, mais je continue, à toute allure. Irène est larguée, très loin derrière et j'arrive aux Trimardelles 5 minutes avant elle. À part le cochon et toute la basse-cour qui vient à notre rencontre, il n'y a personne. Même Darjee, dont le combat écolo est à peu près aussi intense que son intention de rentrer dans l'armée de l'air et qui n'a pas voulu manifester, est absente. Pas grave. Ma voiture est là. Je balance mon vélo contre un mur et je saute dedans. J'ai juste envie de fuir, de laisser tout en plan, les cochons, les pique prunes, les écolos, les gays et la cuisine bio. J'ai juste envie de retrouver ma vie. Sur le chemin, je croise Irène exténuée en train de pédaler. Elle s'arrête quand elle m'aperçoit. Pas moi.

Quand la Pétasse s'installe dans un décor hitchcockien

Merde, j'ai oublié mes bagages. Pas grave. Pas envie de faire demi-tour et de donner des explications. Une fuite est une fuite. Revenir c'est réfléchir et renoncer. Fuir c'est bien, mais vers une destination, c'est mieux. Et pour le moment, je n'ai aucune idée de celle que je vais rentrer dans mon GPS. Si je lui indique que j'ai besoin d'air, il va m'emmener à Yerres dans l'Essonne ou je n'ai strictement rien à faire, ou à Hyères dans le Var où, hors saison, il n'y a que des grabataires. Sinon, tiens, la mer, sans les cheveux gris, ça pourrait le faire.

Reste la technique topographique. Tu connais pas ? Suis-moi. Tu agrandis au max ton écran de GPS et tu attends de voir du bleu. Après, y a plus qu'à lui indiquer que c'est là où tu veux aller. C'est tout bête, et de l'endroit où je suis, c'est à moins de deux heures. C'est parti.

En chemin, je me fais mon film. Celui de mes retrouvailles avec moi-même. Je vais prendre la meilleure chambre du meilleur hôtel. De quoi ? Mon banquier va râler ? Y a pas de raison. On est hors-saison, et il sait parfaitement que je suis la reine de la négociation. Je le harcelle chaque mois pour qu'il ne me fasse pas payer d'agios et ça marche toujours. À l'usure. Dans ma magnifique chambre, je veux une magnifique salle de bains, avec une magnifique baignoire et un magnifique peignoir. En descendant au restaurant, après trois magnifiques heures de trempette, je veux un magnifique repas, servi à l'assiette. Et, surtout, je ne veux parler à personne et je veux que personne ne m'adresse la parole. J'accepterais seulement que le serveur me demande « *tout s'est bien passé madame ?* » Et je lui répondrais d'un simple hochement de la tête.

L'avenue de la jetée en novembre, tu connais ? C'est la fête aux volets fermés, aux stores baissés et aux boites aux lettres qui dégueulent des prospectus que personne n'a ramassés, car personne n'est passé par là depuis la fin de l'été. Sauf moi. Et l'un de ces prospectus, que je ramasse, a été écrit et imprimé rien que pour moi. « La grande réserve — hôtel-restaurant de charme comme à la maison ». Vu le peu de gargotes ouvertes dans le coin, je ne risque pas de trouver un Relais & Châteaux en état de fonctionnement, alors j'appelle. « Si on a des baignoires dans les chambres ? Mais madame, c'est comme à la maison, c'est écrit sur nos flyers ». Justement, j'ai une douche chez moi. Je réserve et je file. Le temps de m'installer et, depuis mon bain, je vais tranquillement appeler la terre entière qui se demande où je suis. Même si certains sont aux travaux de la ferme, d'autres ont le nez dans leur volant et d'autres encore découvrent l'écologie mécanique. Bref, peu de monde se soucie de moi pour le moment, et c'est parfait comme ça.

La maison de Norman Bates dans le Psychose du vieil Hitchcock, vous situez ? À côté de la Grande Réserve, c'est le Martinez. La baraque est dans un tel état que j'hésite à pousser la porte de peur que toute la maison s'écroule. Mais c'est un type en livrée de groom qui se charge de l'ouvrir et de me la tenir. « Madame n'a pas de bagages ? ». Non, madame n'a que son sac à main et monsieur n'y touchera pas. Il ne me le propose pas, d'ailleurs, et m'accompagne à la chambre après m'avoir inscrite sur un grand registre. Manque plus que la plume d'oie et le lorgnon pour parfaire la déco. Moi qui voulais retrouver le XXIe siècle, c'est mort.

Quand la Pétasse change de couleur

Le type m'ouvre la porte qui grince comme le comptable de ma boite quand je lui présente mes notes de frais.

La déco de la chambre ? Elle a sans doute été réalisée par l'arrière-grand-père de Philippe Starck, qui à l'époque, devait déjà être en fin de carrière. Y a du stuc, du gros rideau, du gros meuble, du bon gros couvre-lit et une bonne dose de poussière qui donne une touche de couleur vert-de-gris à l'ensemble. « *Et la salle de bain ?* » m'inquiète-je. Il me désigne du doigt une porte dérobée. Et le voilà qui repart, raccord avec la porte : il grince aussi. Ses articulations doivent avoir l'âge de la maison.

La chance est avec moi : il fait chaud dans la chambre. Trop chaud même. Les trois énormes radiateurs en fonte sont à fond. Ils ne grincent pas, eux, ils couinent, et produisent un bruit de chaudière de paquebot. Je fais mon petit tour d'inspection hygiéniste et m'aperçois que finalement, la crasse est tellement incrustée profondément qu'il n'y a pas la moindre poussière. On se rassure comme on peut et je file dans la salle de bain.

C'est bien ce que je pressentais : la baignoire a vu des milliers de céans certainement plus imposants (et vergeturés) que le mien s'asseoir dedans. Elle est bien ébréchée, mais elle a l'air propre et surtout étanche. Pendant que je fais couler l'eau verdâtre pendant cinq bonnes minutes avant de me clarifier, je décide de passer quelques coups de fil, histoire de ne pas voir mes proches lancer une alerte enlèvement.

« Mais oui ma chérie, maman va bien. Je me fais juste une cure de deux jours de rien foutre ». C'est pas qu'Anna s'inquiète, c'est moi qui m'inquiète de son manque d'inquiétude. C'est moi que je rassure. Elle veut rester quelques jours à la ferme et avec son amoureux, ils ont été adoptés par la troupe, mais j'attends ses cris et hurlements quand elle devra s'occuper de Jacky le cochon déprimé. *« D'accord, je passe vous prendre en rentrant et je vous ramène à la maison, promis. Embrasse tout le monde. Oui, Irène aussi ».*

Je dois appeler Gabriel, mais avant ça, je dois déclencher l'opération sels de bain. Car il y en a un plein bocal sur le bord de la vieille baignoire en émail. J'ouvre, je verse : rien. Ils sont là depuis tellement longtemps qu'ils se sont solidifiés. Je ne vois qu'une solution radicale à mon problème crucial et je balance le bocal dans l'eau chaude qui aura tôt fait de dissoudre tout ça. Gabriel n'est pas joignable. Normal, c'est les dernières spéciales aujourd'hui et l'arrivée du rallye est dans une heure. Il doit être en train de bouffer ses chronos et de hurler contre ses pilotes si, par malheur, ils ont perdu deux dixièmes de secondes. Tant pis, je me glisse dans le bain. Les sels ont dissous et l'eau est devenue totalement rose bonbon. Deux minutes de trempette suffisent pour que je m'endorme comme une belle au bois dormant qui ne veut surtout pas qu'un prince, ou même une princesse, la réveillent.

Combien de temps ai-je dormi ? Seule indication : l'eau est froide. Je sors du bain pour attraper mon peignoir, je passe devant le miroir dans le plus simple appareil et je me fige devant la glace. Je suis rose, entièrement rose, d'un rose cochon, aussi rose que ce bon vieux Jacky, un rose pétant des pieds jusqu'au cou. Seul mon visage qui n'était pas immergé est intact. La faute à cette saloperie de sel, trop vieux, et surtout, et sûrement, trop condensée. Idiote que je suis, j'ai foutu tout le bocal dans cette maudite flotte. Vite, une douche. L'eau redevient suspecte et moi je sèche dans mon peignoir qui rosit aussi. Elle redevient enfin claire et je me glisse sous le jet chaud. Je me frotte comme une malade avec la savonnette et je me rince. Rien. Je suis toujours intégralement rose. Je vais rester comme ça à vie. Je le sens. Dans ma tête défilent à tout vibrure des photos de fringues, de pulls à col roulé, de robes longues avec des manches longues aussi. Ma tenue pour le restant de mon existence.

Quand la Pétasse défend les sangliers

« Comment ça y a pas de room service, mais un très chouette restaurant à deux pas ? » Le vieux groom au téléphone essaie d'être sympa, mais il ne se doute pas que je suis toute rose et que je ne vais pas m'attabler en manteau dans son resto. Au bout d'une heure d'explication au cours de laquelle j'essaie de lui expliquer que je souffre d'un cas très rare de myxomatose humain, il consent à me faire livrer une gibelotte de lapin sous cloche.

Quand mon Spirou senior frappe à la porte, je suis en peignoir doublé d'un imper bouclé jusqu'au cou avec un foulard Hermès noué juste sous les oreilles. J'ai failli mettre des lunettes de soleil, mais j'ai pas encore les yeux roses. Je lui pique le plateau et referme la porte.

On se rend pas compte, mais un vrai plat à l'ancienne, ça fait un bien fou et tant pis si le pauvre lapin n'a pas été élevé sous la mère. J'en oublie ma piaule qui grince et ma peau de cochon.

En plus je me suis pris un petit Chablis des familles et au bout d'un verre et demi, je suis presque obligé de me googliser pour savoir où j'habite. Téléphone. C'est Gabriel. « On a gagné ». Il est surexcité. C'est pas les Jeux olympiques non plus, mais le critérium des Cévennes. Il est comme un gamin, mais c'est, aussi, pour ça que je l'aime. Je l'aime ? Mais oui, je l'aime. Malgré tout et malgré moi. Alors je le lui dis. Simplement. Et vous savez ce qu'il me répond ce con sûr de lui ? « Je l'ai toujours su, même avant que tu ne t'en rendes compte ». Cet air sur de son coup dont il ne peut pas se défaire. C'est pour ça que je l'aime aussi, sûrement.

Le cocktail Chablis - gibelotte produit assez vite son effet. Je m'effondre sur le lit qui se met à grincer, histoire de se mettre au diapason avec le reste de la maison. Je m'y fais très vite, comme je me suis fait très vite aux draps blancs qui ont viré instantanément au rose. Je dors profondément lorsque j'entends un énorme boucan.

Au lieu de savoir ce qu'il se passe, la première question que je me pose, c'est quelle heure est-il ? Mon téléphone me donne la réponse : il est trois heures. J'entends des pas dans le couloir. Enfin des pas de course plutôt. Quelqu'un cavale dans les escaliers.

Même pas peur, je passe mon imper pour aller voir quand on tambourine à ma porte. C'est le vieux groom en panique. « Il y a des sangliers dans le lobby. Surtout, enfermez-vous à double tour ». Et il repart aussi sec. Je m'enferme à clé, tout en me disant qu'un sanglier suffisamment futé pour abaisser la poignée d'une porte de chambre d'hôtel c'est plutôt rare. Et que la bête ne mérite pas de finir en civet.

Au bout d'une heure, je n'y tiens plus et je sors dans le couloir. Pas un bruit. Je m'approche de l'escalier et, effectivement, à la réception, à dix mètres en contrebas, j'aperçois un papa sanglier, avec une maman sanglier et quatre marcassins en train de bouloter gentiment un yuka poussiéreux, seul déco du lieu. Le groom s'approche avec un doigt sur la bouche. Je ne vais pas me mettre à hurler pour troubler la digestion du papa, qu'est-ce qu'il s'imagine. En revanche, je me demande ce qu'ils font là. « C'est la faute aux écolos, me chuchote le vieil homme. Depuis que les chasseurs sont limités dans le nombre de bêtes à tirer, les sangliers prolifèrent. Mon beau-frère en a même retrouvé dans son garage. »

Quand la Pétasse attend la cavalerie

Ça doit être bon un vieux registre d'hôtel. Les quatre petits marcassins sont en train de le dévorer et je les observe depuis le haut de l'escalier. Leurs parents aussi, d'ailleurs, les regardent d'un air attendri. Ils sont tranquillement en train de mâchouiller ce qu'il reste du yuka et doivent se dire, en langage groin groin qu'ils ont réussi de bien beaux enfants. « *Je peux aller dans votre chambre emprunter le téléphone ? Je vais appeler des copains chasseurs. Ils vont nous débarrasser de ces sales bêtes* ».

Il est malade ce type ? Il va téléphoner à une bande d'assassins qui vont défourailler sur une pauvre famille ? « *Si je comprends bien, vous seriez prêt à tuer deux parents et leurs enfants pour un simple délit de violation de propriété privée. Belle mentalité.* » Il m'explique que si on leur colle une amende, il y a des chances qu'ils se déclarent insolvables. Et c'est pas faux. Sur ce, il part vers ma chambre. Je lui barre la route. « *Vous n'entrerez pas. Laissez-moi faire : je prends les choses en main et je vais faire déguerpir les sangliers.* »

Des promesses, toujours des promesses. Mais celle-là, je ne sais vraiment pas comment la tenir. Papa sanglier doit jauger ses 100 kg peinard et je trouve que madame est plutôt rebondie aussi, ce qui démontre un certain laisser-aller alimentaire. Mais foin de diététique, je ne suis pas sûre que même poliment demandé, ils déguerpissent avant d'avoir fini leur diner de plantes vertes et de feuilles volantes.

J'ai une idée et c'est moi qui file dans la chambre où j'ai laissé mon smartphone. J'appelle Baptiste et lui explique la situation. « *Faut vous grouiller, sinon ça va être un bain de sang.* » Il me répond que je suis à deux heures des Trimardelles et que les chasseurs risquent d'arriver bien avant eux, le temps qu'il rameute toute la troupe pour faire barrage. « *Et si tu appelais ton mec ? Avec les voitures de course, on serait là en un rien de temps* ». Gabriel, évidemment. En plus il déteste les chasseurs presque autant que les verts, du moins jusqu'à ce qu'il en rencontre pour de vrai.

Il est archi partant, d'autant que six voitures de la course doivent emprunter un ferry au port d'à côté vers la Tunisie pour un autre rallye. « *On ramasse nos petits verts et on est là dans trois quarts d'heure* ». C'est long, c'est d'autant plus long, que j'entends le vieux groom parler au téléphone dans la chambre d'à côté. Et visiblement, il a un agité de la gâchette au bout du fil. « *Oui, il y a quatre marcassins, ça va vous fera des pâtés. Mais dépêchez-vous, je veux que tout soit fini avant que les clients ne se lèvent.* »

Une seule personne peut sauver la mise aux cochons sauvages : moi. Je vais devoir tenir face à l'ennemi jusqu'à l'arrivée des renforts. C'est Fort Alamo sur Mer, c'est la bataille des Thermopyles Plage. S'il faut se sacrifier pour vaincre, j'y suis prête.

Avant de jouer à l'héroïne et de faire barrage de mon corps face à la meute de chasseurs assoiffée de sang, il faut que je trouve le moyen de me poster devant la porte d'entrée en évitant la harde d'ongulés qui, visiblement, a plutôt apprécié son diner et pique un roupillon des familles. Heureusement, une porte dérobée donne sur un escalier de service. Je dévale les marches, tombe sur une autre porte qui donne sur l'arrière du bâtiment. On a beau se la jouer amazone sacrificielle, ça caille. Et avec mon petit imper passé sur mon pull ras du cou, je regrette les grosses fringues moches de la ferme. Mais c'est du passé, l'heure est à la résistance. Je contourne l'hôtel et arrive sur le perron de l'entrée dont je barre la porte, bras écartés. Bon, pour l'heure, je n'empêche personne d'entrer et, à part les ronflements de mes protégés, l'endroit est aussi silencieux qu'un caïd en garde à vue qui attend son avocat. Je reste plantée là un bon quart d'heure quand je vois des phares dans la nuit. Je les compte : il y en a quatre, ce ne sont donc pas les bolides de mes sauveurs. Deux Kangoo kakis s'arrêtent sur le parking et je vois cinq types en sortir. J'écarte encore plus les bras devant ma porte. Les gros rougeauds ont leur fusil à la main et une cartouchière passée sur leurs fringues de la même couleur que leurs bagnoles.

Ils foncent droit sur moi. « *On va vous tirer de là, m'dame, et on va tirer ces sales bêtes* ». Ils se bidonnent entre eux de leur mauvaise vanne. Je ne bouge pas, je ne dis rien. « *Faut nous laisser passer, m'dame, faut qu'on fasse not'boulot* ».

Je me statufie, toujours silencieuse. Ils sont à cinquante centimètres de moi, je vois leur trogne éberluée qui ne sait à quoi se fier et leur haleine avinée de ce qu'ils viennent d'ingurgiter. Ils n'osent pas avancer et décident de faire le point entre eux. Visiblement, ils sont face à un problème qui dépasse leur très léger sens de l'à-propos. Ils s'éloignent de quelques mètres et forment un cercle. « *C't'une cinglée, je te dis* ». Les autres sont d'accord. « *Ça doit être une écolo-radico-islamiste, un truc comme ça.* » Les autres sont toujours d'accord. « *En plus, t'as vu, elle a les mains et le cou tout rose, comme un cochon. Ça doit être leur truc, dans leur secte.* » Et ils sont tous d'accord encore.

C'en est trop pour moi. Me faire traiter de cinglée passe encore, mais de cochon rose, ça passe pas. Je m'apprête à leur balancer des insultes tellement ordurières que même leurs copains de battue en rougiraient. Mais en descendant le perron, j'entends des brapbrapbrap, des turbos qui s'activent. C'est la musique la plus douce que j'ai jamais écoutée. Je les entends bien avant de voir leurs phares. Les bruits se rapprochent. C'est la cavalerie, les renforts, mon armée régulière. Mes sauveurs.

Quand la Pétasse s'interpose, aucun chasseur n'ose

« *Je suis désolé de venir troubler votre petite battue, messieurs, mais c'est une propriété privée ici.* » Clément a pris la parole d'un air grave. Il est venu lui aussi. Il est entouré d'une dizaine de militants et d'autant de pilotes qui n'ont pas vraiment l'intention de laisser se commettre un carnage. « *Ah ben oui d'accord, mais on a l'autorisation du proprio nous. Il est là, tenez* ». Et l'un des chasseurs rougeaux de désigner le groom. « *Je pense qu'il y a méprise, messieurs. Je me présente : vicomte Clément de Tabernak. Ce monsieur travaille pour moi et pour cet hôtel qui appartient à ma famille depuis trois générations, comme la forêt de Trousse Minou juste derrière. Forêt dont vous êtes d'ailleurs le garde-chasse, père Boudiou* ». Un petit homme tout sec sort du groupe en faisant le gros dos. « *Je vous avais pas reconnu m'sieur le vicomte, boudiou. C'est qu'avec le noir qu'il fait, c'est pas facile, boudiou. Bon, les gars, on va pas embêter ces messieurs-dames plus longtemps, boudiou.* » Et voilà la petite troupe verte de grise repartie dans ses Kangoo de la même couleur. Gabriel, Anna, Aurélien, Irène, Darjee et Baptiste : ils sont tous là et m'entourent de leur bras. Comme l'impression d'avoir une famille très élargie et très recomposée. Même Anna me reconnait des qualités, c'est dire l'instant solennel. « *T'as été super courageuse maman* ». Gabriel, lui, est encore plus fier que moi, même si sa tendance naturelle à la dérision prend vite le dessus. « *T'as sauvé la vie de GrouikGrouik et de ses enfants* ».

Mais c'est quoi cette histoire de vicomte au fait ? J'avais bien remarqué qu'il avait un langage plutôt châtié et une culture plutôt vaste pour un épicier, brocanteur, recycleur, vigneron, restaurateur. Je le prends à part pendant qu'il discute avec mon vieux groom. « *Dis donc, tu caches bien ton jeu, vicomte de Tabernak* ». Et de me raconter sa rupture de ban familiale. « *Mon côté sans-culotte. Ça fait dix ans que je ne suis pas revenu sur mes terres que j'ai laissées en jachère. J'ai préféré arrêter ce cirque aristocratique et partir m'installer un peu plus loin. Mais finalement, ça fait du bien de retrouver ses racines. Et c'est grâce à toi* ».

Non seulement j'ai sauvé des sangliers, mais en plus, j'ai rapproché un nobliau perdu de ses ancêtres. « *D'ailleurs, j'ai une idée,* continue le vicomte : *je vais transformer la Grande Réserve en Grande Recyclerie. Ce sera la première filiale* ». En attendant, il faut peut-être qu'on se préoccupe de notre famille de sanglier. Anna et Irène les ont déjà baptisés Jean-Pierre et Magali, « *mais on cherche encore des prénoms pour les petits* ». En attendant, JP et Mag se sont assoupis dans le lobby, avec leurs petits, bien au chaud, pendant qu'on grelotte dehors.

C'est pratique, un sanglier : ça mange de tout, et ça a tout le temps faim. « *J'ai bien un reste de gibelotte à la cuisine. Je devrais pouvoir y accéder par l'arrière* ». Cinq minutes plus tard, le groom est de retour sur le perron, une énorme casserole à la main. « *Ils préfèreraient des glands, mais j'en ai pas à la carte en ce moment et le chef est parti* », rigole l'homme en rouge qui se détend enfin. Il pose la casserole en ôtant le couvercle et nous fait signe de nous cacher. Il en fait autant, après avoir ouvert la grande double porte de l'entrée de l'hôtel. À peine cinq minutes plus tard, la petite troupe de cochons sauvage est attablée devant la gibelotte. Le vicomte Clément prend les choses en main. « *On va contourner le bâtiment et entrer dans le lobby. Je fermerais la porte de l'entrée. Quand les sangliers auront fini de manger, ils s'en iront tranquillement* »

Il est quatre heures du matin et je constate que la Grande Réserve a vraiment des réserves. Notamment de grands crus. Tout le monde est affalé dans la salle à manger et dans le salon de l'hôtel, un verre à la main, et des monceaux de victuailles devant lui. « *Vous allez tous dormir ici, prévient le vicomte. On a vingt chambres, on va se débrouiller.* » Gabriel acquiesce et pense au sommeil de ses pilotes. « *Le bateau emmène les voitures part à 16 h demain et c'est à une heure de route d'ici.* » Je n'étais pas au courant de cette course en Tunisie. « *Je n'y vais pas,* m'explique mon team manager. *Je les accompagne jusqu'au port et je rentre à la maison. Et toi ?* » Je connais par cœur ce type de question tordue. Il me laisse décider, tout en attendant que je lui réponde que oui, bien sûr, évidemment, je rentre avec lui. Et mes affaires que j'ai laissées aux Trimardelles ? Et Anna ? Et son petit copain. « *Ils rentrent avec moi et ton sac est dans mon coffre* ». Il a tout prévu le roublard. Qu'est-ce que vous voulez que je lui dise ? « *Super, on remonte tous ensemble* ». En regardant par la fenêtre, je vois Jean-Pierre et Magali accompagnés de leurs quatre marcassins se diriger vers la forêt de Tabernak. Ils ont passé une excellente soirée, comme nous. Et vont se coucher, comme nous.

Quand la Pétasse se fait un brunch de crise existentielle

Anna dort sur l'épaule de son Aurélien sur la banquette arrière. Je suis assise à l'avant, à côté de Gabriel qui conduit. « C'est encore loin ? » On est dans les bouchons, signe que la capitale n'est plus très loin. Voilà 8 h qu'on roule. J'ai à peine eu le temps de dire au revoir à ma troupe, mes écolos, mon vicomte, ma lesbienne, ma-mon transgenre. Et ils me manquent déjà. Ma parenthèse me manque. Pendant tout le trajet, je n'ai pas arrêté de raconter mes aventures à la campagne. « Et tu sais que c'est super intelligent un cochon ? Et tu sais que je suis la reine du vélo ? Et tu sais qu'une douche à l'eau froide c'est jouable ? » Il m'écoute, me relance, acquiesce, compatit. Évidemment, je ne lui ai pas parlé d'Irène. Je ne lui ai pas dit non plus que je trouvais le vicomte craquant. Même si je suis sûr qu'il a compris, il y a des non-dits qui méritent de ne pas être clairement dits. Comme si nous pensions tous les deux à Irène en même temps, il me demande « *Quand est-ce que tu reprends le boulot ?* » C'est lundi, c'est dans deux jours. J'ai l'impression que c'est dans une heure.

Le boulot c'est Soso. J'associe les deux depuis toujours. Il faut que je la contacte, mais par message, je ne peux pas tout lui raconter de vive voix. Voilà trois jours que je ne lui ai pas donné de nouvelles. Une éternité. Comment ça il est presque minuit ? pas grave, elle répond à mon premier SMS, un peu affolée. *« T'étais perdue dans une forêt bourrée de loups ? »*. Je lui fais un topo rapide de la situation en quatre points : *« 1) l'écologie c'est super, 2) les beaux gosses hirsutes c'est super, 3) les filles entre elles c'est super 4) les transgenres c'est super. »* Elle met un temps fou à me répondre. Et quand son message arrive enfin, il est court et simple : *« demain, 11 h brunch toutes les deux. Endroit habituel. Cure de détox »*.

Le brunch du dimanche, c'est un truc sacré. Et pas seulement pour Soso et moi. Il est strictement impossible de se prétendre de la *hype* et de soustraire à cette cérémonie. Et pas n'importe où. Il y a brunch et brunch. Ceux autour de n'importe quel zinc de n'importe où, avec n'importe qui, et ceux que Machin et Chose t'ont fait découvrir et que c'est un secret connu du seul tout gratin et que vraiment, les viennoiseries et les œufs miroir sont teeeelllement autrement. Celui que Soso et moi on fréquente fait évidemment partie de la seconde catégorie. Et tout y est teeeelllement mieux, surtout les gens qui le fréquentent. Car, franchement, leurs viennoiseries et leurs œufs miroir ne sont pas à se relever la nuit. *« Bon, on commence par une coupe de champagne et des fraises »*. Quand Soso démarre de cette façon, à 11 h du matin, c'est que l'heure est grave. *« Des fraises ? Mais c'est pas du tout la saison. Et ton champagne, y a des sulfites dedans ? »* J'ai cru qu'elle allait m'en coller une. Mais elle me connait mieux que ma mère, alors elle prend illico la posture de la psy, en mode « dis-moi tout ». Et moi je déballe, tout. Mon flirt avec Irène, mon béguin pour Clément, mon goût nouveau pour la nature. « *Et d'ailleurs faut que j'arrête mes incohérences. J'aime les animaux et j'aime manger les animaux, ça va pas du tout.* » Elle opine du chef et se colle l'index sous le menton. « *Et sinon, tu l'aimes ta vie ?* ».

Quand la Pétasse veut tout et tout le temps

Tout d'un coup, dans ce resto à la mode, devant ma coupette, devant Soso, mes fraises et mes œufs, j'ai l'impression d'être toute seule au fin fond du désert de mon ennui. Elle sent bien qu'il y a un truc qui ne va pas. Elle me connait comme si elle était moi. « Tes poules et tes cochons te manquent ». C'est pas une question, c'est une affirmation. « *Les copains me manquent aussi, et leur vie saine. J'ai l'impression qu'ici, tout est superficiel* ». Soso se tait. Elle a toujours son index sous le menton. Je déteste quand elle se donne cet air faussement intello, comme s'il fallait qu'elle affiche un panneau « attention, je réfléchis », des fois qu'on soit pas au courant. Elle finit par sortir de son silence. « *Tu demandes à la boite de te mettre en télétravail et tu déménages là-bas. Gabriel s'en fout, il suivra. De toute façon, il est toujours par monts et par vaux et Anna a sa piaule d'étudiante.* » Oui, mais non. « *Pas possible. Toi aussi, tu vas me manquer, et tes conneries aussi, et la ville et le bordel, et les boutiques* ». Son index sous le menton lui dit qu'elle a pas de solution, à part me couper en deux. Alors elle me fait la morale. « *Tu veux tout le temps tout aussi. La ville, la campagne, les mecs, les filles, le grand amour, la petite aventure, les cochons, le foie gras, le vélo et ta bagnole.* ». Et je la vois qui fond en larmes d'un coup, comme ça. Merde, qu'est-ce que j'ai fait, qu'est-ce que j'ai dit pour que ma Soso craque comme ça ? Je la prends dans mes bras et elle se lâche. « *Moi j'ai toujours vécu comme ça, sans attache ou presque, avec un couple approximatif, et des amants approximatifs aussi, et une vie qui sait pas où elle va. Mais toi, avec ton mec, c'est juste génial. Vous êtes mon couple témoin avec une vie idéale, comme l'appart témoin que tu visite pour rêver. Au boulot, c'est pareil, tu cartonnes. Alors quand je vois que tu veux faire comme moi, ça me désespère. Voilà* ».

Je ne m'étais jamais vue comme ça, en copine idéale, en couple idéal, en vie idéale. Mais j'en veux pas moi, de ce modèle-là. Je veux pas non plus servir de modèle à qui que ce soit d'ailleurs. Moi je veux juste adhérer au parti du zéro minute d'ennui. Faites surtout pas comme moi. Si tout le monde était comme ça, le monde tournerait pas. Moi-même en ce moment, je ne tourne pas bien rond.

Mais au fond, elle a raison Soso. Je ne suis qu'une petite fille gâtée par la vie et j'en veux toujours plus. Toujours trop. En sortant du brunch, je la raccompagne à sa voiture et l'embrasse avant de me carapater dans le sens opposé. J'ai le choix entre me pendre et me jeter sous un métro. Alors je vais chez le coiffeur.

Quand la Pétasse est attirée par le kolkhoze

C'est bien le week-end, ça permet de ne rien faire et de ne rien décider. Mais le lundi il faut y aller. Quatre jours que je n'ai pas mis les pieds au bureau, une éternité pour moi, une minute sûrement pour les collègues qui ne se sont même pas aperçus de mon absence. Surtout la contrôleuse de gestion. Avec mon manque de bol absolu c'est la première personne que je croise en arrivant. Et quatre étages en ascenseur avec une fille qui ne peut pas t'encadrer, c'est aussi long qu'un Vendée Globe. Il se passe toujours un drôle de phénomène en cas de malaise entre deux personnes : elles parlent à voix basse. Enfin si tant est que le fait de dire « *b'jour* » et de s'entendre répondre « *b'jour* » en chuchotant est une forme de dialogue.

Enfin arrivée au port, à l'open space du quatrième, le silence me repousse. Direction la cafète. Je sais, à force de répéter que je n'y vais jamais, et d'y aller quand même, je perds en crédibilité. Mais j'ai non seulement besoin d'un café, mais j'ai aussi besoin d'y retrouver Irène. Je sais qu'elle revient ce matin. Je sais qu'elle est matinale. Et je sais que c'est son QG : l'endroit où elle peut enguirlander son petit monde et le remettre sur le droit chemin de la bouffe saine. Bingo : elle campe entre deux types qui, visiblement, en pincent plus pour ses fesses que pour ses infusions de plantes naturelles. « *Je dérange ?* » Hector de l'export et Bruno des services généraux finissent par me calculer. « *J'expliquais aux garçons qu'il faut surtout éviter le déca,* s'emballe Irène. *Ça contient de l'ammoniaque et à forte dose, ça rend impuissant.* » Je voudrais suggérer aux lascars de le prendre en intraveineuse pendant 24 h, minimum, leur déca, mais je m'abstiens. D'autant qu'ils s'en vont. Louise Brooks m'observe, avec cette espèce de regard qui me transperce, comme si elle lisait tout ce qui se tramait au fond de mon hémisphère droit. « *Toi, tu es jalouse* ». Déjà que j'ai du mal à cacher quoi que ce soit, c'est encore pire quand on me démasque. « *Oui, enfin, non, enfin pas comme tu crois. Je supporte pas qu'une copine parle à quelqu'un d'autre que moi. C'est mon égoïsme à moi. Et puis, en plus, ces deux-là, c'est des cons* ». Irène, ce matin, n'est pas que jolie, elle a du tact, et change de sujet. « *Écoute, Soso m'a appelée hier. Elle m'a dit qu'elle t'avait trouvé un peu perdue depuis ton retour, avec une envie de campagne, une envie d'autre vie.* »

Mais qu'est-ce qu'ils ont tous à vouloir s'occuper de moi ? À s'appeler en douce pour régler mon cas ? « *Écoute, je suis assez grande pour décider de ce que je veux, et de ce que je ne veux pas, OK ?* » Je termine ma phrase, je ne prends ni café ni infusion verte et je tourne les talons.

La jolie fermière me rattrape. « *Écoute, c'est juste parce que Soso comme moi on s'inquiète. Mais je voulais t'en parler de toute façon. Mon frère et moi on compte vendre les Trimardelles et acheter une grande maison à la campagne, mais pas très loin d'ici. Car moi je ne peux pas trop m'éloigner du bureau, et lui devrait très vite signer pour un poste de chercheur à l'institut botanique. On pourrait acheter un grand truc tous ensemble ? J'ai vu un ancien hameau de cinq maisons à vendre en un seul lot. Pour que ce soit pas trop cher, il faudrait s'y mettre à plusieurs. Ça arrangerait tout le monde non ? Même le vicomte est partant, il veut ouvrir une autre succursale par ici.* »

Le beurre et l'argent du beurre, la campagne à la ville et les copains sous la main. J'annonce le topo à Gabriel le soir même, après avoir passé la journée à rêver d'une vie de kibboutz, tous ensemble, en communauté et au grand air. J'en ai même parlé à Soso qui, si elle n'est pas encore totalement partante, n'a pas hurlé, ce qui, venant d'une citadine comme elle, relève du miracle. Pour faire passer la pilule, j'ai expliqué à Gabriel qu'il y avait un immense hangar dans le hameau et qu'il pouvait y déménager ses ateliers et ses bureaux. Il réfléchit quinze secondes, pas plus, et me répond franco. « *Écoute, je suis bien là où on vit. Mais si tu en as envie, allons-y. Moi, la vie en communauté ne me dérange pas. Je connais, et je pratique, en caravane en plus, la moitié de l'année* ». Je lui saute au coup et appelle Irène. Elle hurle de joie et décide de convoquer une réunion avec tous les futurs coproprio.

Quand la Pétasse abandonne le casque de chantier

C'est pas une rencontre entre copains, c'est une réunion de chantier. « *Bienvenue à la Basse Mangeoire, commune de Jeteprends le Retourne* ». Baptiste nous accueille, un casque sur la tête et un plan dans les mains. Darjee et Irène sont déjà là aussi.

Manque plus que le vicomte Clément. Le voilà qui arrive en courant, un sac poubelle à la main. Je me moque de lui en l'accueillant. « *C'est pour ranger tes petites affaires ? Tu cherchais un truc plus chic qu'une banane ?* » Il rit de bon cœur, mais il ne peut pas s'empêcher de me prendre pour une buse. « *Mais non, tu vois bien que je suis ploggeur* ». En fait, je suis réellement une buse puisque pour moi un ploggeur n'est qu'un type qui fait la vaisselle au resto et des fautes de français quand il écrit. « *Je cours, et en même temps je ramasse les déchets sur ma route* ». OK OK. « *Ça vient de plocka, qui veut dire ramasser en Suédois et de jogging, bien sûr* ». Bien sûr, bien sûr. Et buse ça se dit comment en suédois ? Mais non, je ne lui pose pas la question. Je fais même ma passionnée du déchet ramassé.

On suit le guide Baptiste qui nous fait faire le tour du proprio. Le dernier habitant de la Basse Mangeoire habite aujourd'hui dans un Ehpad et ne se rappelle plus très bien de son nom ni de son adresse. « *Ses héritiers ont refilé le tout au notaire du coin et c'est vraiment une affaire* ». Une affaire qui va nécessiter un très léger rafraichissement, comme disent les Stéphane Plazza de sous-préfecture. Il faut rafraichir les toits, les murs, les sols, les intérieurs, l'eau et l'électricité. Il faut tellement rafraichir que Jeteprends le Retourne va prendre des allures de banquise. « *Alors voilà la place principale et les cinq maisons sont tout autour. On aura chacun la nôtre. Derrière, ses trouvent les granges et les hangars. Génial non ?* » Darjee, Irène et Clément trouvent ça génial aussi. Moi, j'ose un très léger doute de rabat-joie. « *Mais en fait, on achète un terrain nu. Tout est à refaire ici.* » Je fais quelques photos des ruines et les envoie à Gabriel, coincé dans une sinistre réunion à la fédération. Il me répond illico et en majuscules. « *C'EST NIET* ». Je traduis sa pensée pour mes amis. « *Gabriel hésite un peu à cause de l'ampleur des travaux* ». Les autres y vont de leur solidarité, du chacun aide chacune, du *do it yourself* et de la solidarité version BTP et du « *c'est pas très compliqué de monter des murs, ça se saurait* ». Faire venir des pros ? Baptiste est catégorique. « *C'est non. C'est une démarche de vie, un investissement personnel. On va construire ensemble, et avec nos mains, le premier éco-village à base de matériaux entièrement naturels, comme nos ancêtres. On va produire notre eau, notre électricité, nos légumes* ». Les autres applaudissent. Pas Irène. Elle me regarde. Elle sait.

« *Ce sont les travaux qui te gênent ? On peut toujours s'arranger tu sais* ». Mais ce n'est pas juste une histoire de parpaings en fibre naturelle. Le problème est évidemment plus vaste. Je ne sais pas si je serais à ma place ici. Je ne sais pas si le topinambour bio, c'est mon truc. Je ne sais pas si j'ai envie d'être toujours fourré les uns chez les autres, même si les autres sont sympas. Je ne sais pas si j'ai envie de chercher l'eau au puits. Je ne sais pas si je veux prendre ma douche chaude quand les panneaux solaires auront daigné chauffer l'eau. Je ne sais pas si je veux vraiment de cette vie-là. Je ne dis rien de tout ça. « *Embrasse les autres. Il faut que je rentre. On s'appelle* ». Irène comprend que je ne déménagerai pas. En montant dans ma voiture, j'entends Darjee. Elle aussi se pose des questions. Pas les mêmes que moi. « *Et Jacky le cochon, on va le loger où ?* ».

Quand la Pétasse fait du shopping-psy

C'est pratique un psy. Tu peux lui raconter tout ce que tu veux, il ne moufte pas. Tu as un doute, un souci ou un ennui, et tu déverses. Alors qu'une copine confidente, faut toujours qu'elle te conseille, te contredise ou ramène tout vers elle. Sauf qu'un cabinet de psy, c'est mortel. Personne n'a envie de passer trois quarts d'heure sur une chaise, car le divan c'est une légende, ça doit coûter trop cher. Les patients s'endorment et le compteur tourne. Alors, va pour une chaise, ou, pour les plus riches, un fauteuil. Oui, mais non. Impossible de se livrer dans ces conditions. Le seul endroit où j'ai le temps et l'envie de parler, c'est le coiffeur. Mais j'y étais hier. Sinon, il y a Céline. Elle tient une boutique de fringues et j'ai plus qu'une carte de fidélité dans son magasin : un abonnement illimité. Au final, ça ne coûte pas plus cher qu'un psy et, en plus, ce que tu paies, tu le portes sur tes fesses en sortant, en n'oubliant pas d'enlever l'étiquette. Après ma réu de chantier avortée, je crois que j'ai besoin d'une séance chez Céline.

Je lui déballe tout ce que j'ai sur le cœur et elle remballe tout ce que j'attrape sur ses cintres. Elle ne dit rien, me relance juste quand je cherche une idée et ça me va. « *Ce petit haut te va très bien. Et Gabriel en pense quoi ?* » Et j'enchaîne avec une petite jupe. « *Ça te va bien aussi. Tout te va. T'as d'la chance. Et tu penses vraiment qu'elle en pince pour toi Irène ?* » Arrivée à la caisse où je paie ma séance-psy-achats, elle me dit : « *ça fait 160 euros et tu devrais réunir tout ton petit monde chez toi. Leur expliquer que tu ne veux pas changer de vie, que tu veux juste rêver d'en changer* ».

J'appelle Irène pour lui exposer mon idée. « *Un diner tous ensemble chez toi ? Excellente idée. J'en parle aux autres et je suis sûr qu'ils seront tous d'accord. Je suis même persuadée qu'ils vont te faire changer d'avis* ». Il faut que Soso soit là aussi, forcément. « *Rencontrer tes verts ? Je suis partante. C'est mon côté sociologue* ». J'ai même décidé d'inviter la contrôleuse de gestion, qui, à cette annonce a demandé d'appeler le 15, mais qui, après sa réanimation a fini par accepter. Bien sûr, je veux et j'exige qu'Anna et son Aurélien soient présents. Gabriel ? Évidemment, il est invité. Après tout, c'est chez lui que ça se passe. Et c'est même le premier concerné.

Quand la Pétasse obtient le beurre et le cœur de la crémière

Il faut bien deux poser deux jours de RTT pour préparer un diner. Surtout qu'on n'a pas idée du temps qu'il faut pour faire cuire des crosnes du Japon et autres racines bios, « *un peu croquantes sous la dent, mais avec un goût tellement différent* ». C'est le type de la biocoop qui l'a dit. Gabriel hurle depuis son bureau. « *Y a un putois en décomposition dans la cuisine, je te dis* ». Je m'active dans tous les sens. Il est 18 h et dans moins de deux heures on va être 12 à table. Évidemment, les campagnards débarquent avant le coucher du soleil. Ouf, Clément a le coffre chargé de vin. Irène est venue avec un gâteau de semoule sans gluten, mais avec de l'ail des ours dedans. Quant à Darjee, elle a apporté quelque chose il-elle aussi. C'est Claude, son-sa nouvelle-nouveau amoureux-amoureuse. « *C'est bien Claude, c'est pas genré comme prénom* ». Et Claude n'est pas genré non plus. Du coup, ça colle parfaitement. On sera donc tous genres confondus. Et Claude sera assis à côté de la contrôleuse de gestion, ce qui va nous la dérider fissa.

Baptiste débarque à son tour, « *les poules t'ont pondu des œufs magnifiques, et Jacky t'embrasse* ». Évidemment, Soso arrive bonne dernière et les mains vides. Anna et Aurélien arrivent enfin et tiennent à la main un vivarium rempli de pique-prunes aux couleurs de l'écurie de Gabriel. « *T'inquiète pas maman, c'est de la peinture alimentaire, ils adorent* ».

Au bout d'une bonne heure de bavardages et de remplissages de verres, j'invite tout le monde à s'asseoir. Moi je reste debout. Je réclame un peu de silence, façon toast à Buckingham, en tapotant mon couteau contre mon verre pas du tout en cristal. J'ai bien l'intention d'être solennelle.

« *Certains d'entre vous me connaissent depuis très longtemps, et d'autres depuis très peu de temps. Mais sachez, les uns comme les autres, que vous êtes très différents et c'est pour ça que je vous aime autant. Moi-même, je me sens différente et changeante selon les moments et c'est grâce à vos particularités à tous que j'arrive à recoller mes propres morceaux.*

*Les Sex pistols, ces philosophes de la fin du XX*e *siècle, disaient,* “je ne sais pas ce que je veux, mais je sais comment l'avoir”. *Je suis un peu punk à ma manière, sans doute, mais effectivement, je ne sais jamais ce que je veux, mais je fais tout pour tout avoir à la fois. Ce à quoi j'aspire, ce qu'il me faut, et ce à quoi je rêve. Et c'est pour ça que vous êtes là ce soir. Vous êtes tous et toutes, ma part de rêve et de réalité.* »

Y a comme un bruyant silence dans la petite assemblée. Je les sens perplexes et se ils se demandent quelle est la personne décédée dont je prononce l'éloge funèbre. Tant pis, je continue.

« En un mot comme en cent, je vous l'annonce, mais vous vous en doutez : je ne déménagerais pas à la Basse Mangeoire. Mais, avec Gabriel, nous avons décidé d'acheter l'une des maisons du hameau. Nous allons la retaper et nous comptons bien en faire notre résidence secondaire. Car il n'est pas question que vous sortiez de ma vie, même s'il n'est pas question que je quitte la mienne. J'aime ma superficialité et les mauvais produits, mais j'adore votre essentiel et les bonnes choses que vous m'apportez. Et pas seulement la vie saine, les cochons, les douches froides et les vélos. Mais votre liberté aussi, celle d'aimer qui vous voulez, celle d'être libres et autonomes, celle de choisir la vie que vous vous souhaitez. Et c'est bien ce que je fais aujourd'hui ».

Tout le monde pleure et applaudit en même temps. Tout le monde m'embrasse en pleurnichant et en trois secondes, je suis recouverte de larmes.

Irène laisse passer le flot. C'est la dernière à s'approcher de moi. *« Alors, nous, on n'existera pas ? »* me demande-t-elle simplement. *« Nous, on existe déjà. Et on existera toujours. Chaque week-end et pendant les vacances. L'amour, c'est pas seulement papa et maman. L'amitié, c'est pas seulement boire une bière entre potes. Je n'aimerai jamais les filles comme j'aime les garçons. Mais toi je t'aime autrement »*. Je la serre très fort dans mes bras. Elle ne pleure pas. Je sens son sourire contre ma nuque.

JOURNAL D'UNE PÉTASSE BIODÉGRADABLE

ISBN : 978-2-81220-257-5

222, boulevard Pereire - 75017 Paris

www.ramsay.fr

Réalisation : Ramsay Médias, Romorantin (41)

Imprimé en France par CPI (164969)

Dépôt légal à parution